AF350548

Nombres en el Silencio

Jean Paul Vizuete

Vizuete, Jean Paul
Nombres en el Silencio / Jean Paul Vizuete.
1ª edición: Julio 2019
2ª edición: Noviembre 2019.

ISBN 978-9962-13-200-4

1. Literatura panameña. 2. Cuento.

ÍNDICE

Así cómo el libro, esta dedicatoria va fraccionada en ocho;
cada una llevando consigo un pedazo de la esencia completa.
Para Elkilia, que le dio refugio a Vess.
Para Ricardo, que viajó bajo la luna nueva.
Para Melanie, que me escuchó cantar antes que cualquiera.
Para Pezzotti, que invocó al halcón en la tormenta.
Para Gabriela, que siempre vio a las estrellas brillar.
Para Pedro, que educó al Dr. Rana.
Para Lean, que fue un compañero a través de las sombras.
Y para Irving, Cesar y Ryan,
que dieron tres de los nombres a esa lista de recuerdos.

El Príncipe del Túnel

El bosque la rechazó apenas llegaron. O por lo menos, así lo sentía Vess.

Los árboles que rodeaban el patio de la nueva casa vestían su mejor traje de penumbra. Respiraban un viento frío, como si la culparan por las nubes gruesas de esa tarde. Desde su asiento, Vess esperaba, como si eventualmente el auto fuera a marcharse por su cuenta con ella dentro, hacia su viejo hogar.

La nueva casa de la familia Franco se veía grande y espaciosa. Tenía dos pisos y un porche con una hamaca que se veía tentadora. Mamá no había mentido; el patio efectivamente era bastante grande. A pesar de la pintura que parecía caerse de las paredes y la cerca oxidada, la casa no estaba tan mal. Sin embargo, se encontraba en el límite de la ciudad. La casa más cercana estaba a casi un kilómetro de ahí. Aunque para toda la familia era un alivio la carencia de esos ruidos tan característicos de la cuadra en la que vivían, para Vess eso era igual a vivir en el medio de la nada.

El primero en bajarse fue Teodoro, su hermano menor. A diferencia de ella, el pequeño inquieto sí había estado entusiasmado con la idea de la nueva casa. Detrás de él, bajó Mamá llevando una caja llena de viejos discos. Casi media hora después, Vess finalmente se decidió a bajarse.

—Vess, ayúdame con tus cajas —la llamó Papá desde el umbral de la puerta. —Así podemos subir a ver tu nuevo cuarto.

Ella dudó, pero hizo caso. Tomó una de las cajas con algunos de sus libros, se hizo paso hacia la casa, y fue directamente hacia las escaleras que la llevaban hacia el siguiente piso.

—Es casi dos veces más grande que el anterior —Papá trató de contagiarla con su entusiasmo.

Vess entró al cuarto, y por un segundo, se alegró contemplando todas las cosas que ahora podía hacer con tanto espacio. La casa estaba volviendo difícil para ella mantener su semblante de enojo.

—Y desde aquí tienes la mejor vista —recalcó Papá, acercándose a la ventana que daba hacia el patio.

Vess se detuvo junto a él, y en silencio contempló lo que sería su vista por los próximos años. Justo debajo, iniciaba el jardín que estaba descuidado por los años. El bosque que los rodeaba se extendía más allá de la cerca oxidada, perdiéndose hasta encontrarse con los cerros en el horizonte.

—Ahora que estamos aquí todo estará mejor —dijo Papá, como para convencerse a sí mismo.

Una parte de Vess quería refutarlo, pero contuvo el instinto. En el rostro de Papá se encontraba esa mirada que ella había notado desde el día en que anunciaron la mudanza; esa mirada de duda y temor. Ella sabía que Papá dudaba casi tanto de este lugar como ella. La diferencia entre ellos era que él era lo suficientemente fuerte como para usar una máscara de optimismo.

Sin más que agregar, Papá dio vuelta y regresó a la mudanza.

Vess consumió el resto del día arreglando su nuevo cuarto. Subió todas las cajas que pudo, y empezó haciéndose una imagen mental de donde colocaría su librero y su escritorio. Para cuando había anochecido, estaba satisfecha con el avance. Había sido una buena distracción.

Cuando Vess bajó, la cena ya estaba casi lista. Se dirigió a la cocina, y ahí ayudó a Mamá a terminar. —Ve y busca a tu hermano que está jugando en el patio. —dijo Mamá, antes de llevarse dos platos.

El patio estaba vagamente iluminado cuando Vess llegó. Las luces parpadeantes que daban hacia ese campo vacío de maleza no eran suficientes para revelar el fondo. El bosque que dormía más allá de los límites de su hogar era cubierto por una oscuridad que la ponía nerviosa. Durante toda la tarde había tratado de evitar la vista, pero ahora era inevitable. El silencio era ensordecedor.

Nunca supo qué fue lo que la hizo acercarse. Se dio cuenta muy tarde de que se había detenido al borde del bosque, sosteniendo la reja oxidada como para no dejarse succionar por el llamado de la noche. Más allá, la nada se perdía hacia el infinito. Un escalofrió le corrió por la espalda, cuando una ráfaga de viento frío le acarició el tobillo. Y solo por un segundo, le pareció ver una silueta en el final de aquel cosmos que se escondía en su patio.

—¿Ya está la comida? —Teodoro había estado sentado a un costado del patio junto a sus juguetes, sin que ella lo advirtiera.

Vess asintió, distraída. Su mirada regresó por un instante al bosque, encontrando ahí lo único que había estado todo este tiempo: oscuridad. Giró para seguir a Teodoro devuelta a la casa, convencida de que lo que sea que había visto, debía haber sido su imaginación.

Se dirigieron a la cocina, donde empezó a servir los platos. Vess observaba de reojo a su hermano, quien estaba muy distraído en su propio mundo como para percatarse, y envidiaba la forma en que su inocencia le volvía este cambio tan fácil.

—Hoy fui a explorar —comentó Teodoro emocionado después de soltar uno de sus juguetes. —El patio es bastante grande, pero no encontré nada nuevo. Lo increíble es el bosque, Vess. Es infinito.

Ella levantó una ceja.

—Hay un arroyo no muy lejos, ¡y un árbol así de grueso! — extendió sus manos lo más que pudo. —Es muy raro. También, encontré unas estatuas. Están todas cubiertas de hierba y ramas. Parece un lugar interesante para explorar.

Vess le sonrió mientras le daba su plato. Encontraba adorable aquel orgullo por sus hallazgos.

—¿Tú que hiciste hoy?

El sonido de un auto que se detuvo la calló. Confundida por lo tarde de la visita, dejó su plato sobre una de las cajas de cartón y con cautela se acercó a la ventana para poder observar qué ocurría.

Un auto como los que Papá usaba en el trabajo estaba detenido en la calle. El visitante cruzó la cerca, sin esperar invitación. Era alto y muscular. Por la expresión en su rostro, debía estar en sus sesenta. Vestía un uniforme verde, como el que Papá solía usar todos los días cuando trabajaba en la Fuerza de Defensa.

Papá se paraba firme al borde de la entrada, con la mano en la frente. Una vez el señor se detuvo, asintió con la cabeza y Papá se relajó. Vess supuso que aquel debía haber sido algún jefe de Papá.

Desde aquella ventana, era difícil escuchar lo que decían, y Vess tenía que conformarse con observarlos mover sus bocas sin voz alguna. El señor le dio una extraña sonrisa, a lo que Papá contestó dándole un apretón de manos. No tomó mucho para que Mamá se uniera a la conversación, y los tres continuaron hablando por casi diez minutos. Con esa sonrisa penetrante, el hombre dio vuelta, y de la misma manera en que llegó, se marchó sin decir más.

Después de un minuto de silencio, Teo salió para sentarse junto a Papá en la hamaca. Vess se detuvo en la puerta con su plato en mano y desde ahí observaba a su familia. Una vez Mamá notó su presencia, le sonrió incómodamente, sin nada que agregar.

Tomó poco para que Teo matara el silencio al empezar a relatar alguna de sus aventuras del día en el bosque. Mamá y Papá se dejaron distraer por la oportunidad, y lo escuchaban con entusiasmo. Vess, por otro lado, comía pensando en aquel visitante nocturno. La figura de aquel hombre, alejándose hacia la oscuridad donde lo esperaba su auto, le aterraba más que todas las sombras que la observaban desde su bosque.

Los días siguientes no fueron muy diferentes. Papá pasaba casi todos los días haciendo reparaciones, mientras Mamá poco a poco transformaba aquella casa llena de cajas en algo más parecido a su viejo hogar. Teodoro, por su parte, se desaparecía casi todos los días en algunas de sus travesías de exploración, siempre regresando antes del anochecer.

Vess logró distraerse durante los primeros días terminando de establecerse en su nuevo cuarto. Sin embargo, una vez se percató que ya no había ninguna nueva manera de mover las cosas en su habitación, empezó a llenar sus días con lecturas, ideas sobre cómo podría ir a visitar la ciudad, y ayudando a Papá una que otra vez. Se había vuelto un ciclo repetitivo, y después de una semana, necesitaba un cambio.

Esa mañana la despertó el sol que se escabullía en su ventana; se asomaba detrás de los cerros en la distancia, y sus luces bañaban las copas de los árboles. Era la primera vez en semanas que había un cielo despejado, y Vess percibía eso como una buena señal.

Era temprano aún, y una vez estuvo lista, tomó su mochila y se dirigió a la salida, manteniendo sus pasos silenciosos. Con la delicadeza de una pluma, Vess tomó sus llaves y abrió la puerta. Tuvo cuidado de no pisar una carta que había llegado al amanecer y como un gato, salió por la puerta sin llamar la atención.

Caminó por casi media hora, hasta que finalmente encontró la parada de autobús, y ahí se sentó a esperarlo. La mañana trajo consigo el calor. A medida que la parada se calentaba más y más, Vess empezó a recordar el precio de los días soleados, y en su cabeza, sólo se repetía la tentadora imagen de un gigante vaso de agua fría. Vess esperó por casi tres horas, hasta que finalmente se rindió. Ya para entonces, el asiento debajo suyo parecía una tostadora, y estaba segura de que esperar más no haría diferencia.

Se hizo camino de vuelta a casa, perturbada por tener que pasar otro día mirando el techo de su cuarto, sin nadie con quién hablar. Sin embargo, era incapaz de pensar en una alternativa.

Cuando vio el patio, se le prendió el bombillo.

Vess cruzó la cerca, y se detuvo en la entrada del bosque que tanta intriga le había causado durante esa primera noche. Bajo esta luz, parecía un lugar totalmente diferente. Como si bajo la sombra de los días anteriores, aquella entrada llevara a un mundo de demonios, pero una vez salía el sol, ahora era el paso hacía un mundo mágico.

Una vez dentro, pensó que su hermano no estaba equivocado; el bosque era otro mundo. La luz del día se escabullía entre las ramas de una manera tan peculiar, como si la misma cayera como lluvia en este mundo verde. Las plantas y flores que encontró en el camino hacían que la caminata valiera la pena.

Vess finalmente encontró las estatuas de piedra en medio de un campo baldío donde la grama crecía irregularmente. Eran once, pero la mayoría ahora solo eran bultos irreconocibles.

Caminó entre ellas, consumida por su presencia. Entre las pocas que aún seguían en pie, pudo reconocer a un caballo y a un lobo. ¿Quién las habría puesto ahí? Aquel santuario despertaba en Vess una infinidad de preguntas.

Le tomó un momento darse cuenta de que todas estaban colocadas en un círculo, a excepción de una, que se encontraba en el centro. Esta era la más alta. La mirada del hombre alado caía frente a él, como un vigía, observando a las demás estatuas. Una corona descansaba sobre sus rulos, y sus mejillas eran cubiertos por marcas negras que salían de sus ojos, como lágrimas. Vess podía sentir una tristeza profunda en esos ojos.

Por un momento, consideró que esta tenía que ser la silueta que vio esa primera noche, y a pesar de que le parecía imposible haberla notado a esa distancia, ella estaba segura de que eso no debía ser una limitante para este bosque.

Abstraída por la historia que ocultaban aquellos guardianes, Vess siguió la mirada del ángel, la cual apuntaba a uno de esos bultos, cubierto por una gruesa capa de ramas, hojas y olvido. Ella se agachó, y empezó a arrancarle la maleza.

Le tomó varios minutos, pero ahí, Vess encontró lo más curioso de ese jardín: una entrada en la parte trasera de la estatua. Por cómo se veía, supuso que en algún momento algo debió haber cubierto esa apertura hacia el subterráneo, pero con los años, esa puerta se debió haber perdido.

La oscuridad que acechaba debajo del santuario era intimidante. Vess la observó pensativa por un largo instante y luego, dio un profundo suspiro, antes de entrar.

Cuando Vess entró, notó que ahora se encontraba en un largo túnel que se extendía hacía ambos lados. En toda dirección, lo único que había era oscuridad. Su única luz era aquella que caía sobre ese camino subterráneo desde el orificio de donde entró, pero eso no le serviría de mucho una vez la oscuridad fuera lo único que existía hacia todos lados. No había manera de seguir adelante; no sin precauciones.

Escuchó al viento susurrar bajo las sombras a su izquierda, y aquel llamado le dio escalofríos. Vess había llegado lejos, y eso tenía que ser suficiente por hoy.

Esa misma noche, Vess se preparó para regresar. Después de cenar, se encerró en su cuarto y preparó una mochila con todo lo necesario. Sospechaba que, con suficiente preparación, podría adentrarse más en el túnel subterráneo, y descubrir qué otros secretos eran ocultos por ese bosque.

Ya estaba casi lista cuando se percató que sólo le hacían falta velas. Silenciosamente salió de su cuarto, para buscar unas entre las herramientas de Papá. Estaba casi segura de haberlas visto hace pocos días en el taller.

El sonido de las voces la detuvo al borde de la escalera. Papá y Mamá aún estaban despiertos, y se encontraban conversando en la cocina.

—Es una amenaza —Mamá sonaba insistente.

—¡Es una cordialidad! —contestó Papá.

—Con todo lo que está pasando allá afuera, no podemos ser tan incrédulos. Nos fuimos para sentirnos seguros, y tener a Minho visitándonos en la entrada de nuestra casa, hace todo menos eso. —Había una inminencia tácita en su tono. —¿Cómo sabemos que no mandarán a otro teniente?

—Es sólo una invitación. Todos los años los miembros de alto rango son invitados a esa cena de navidad, estén activos o no. No significa nada —Papá hablaba despacio, tratando de transmitir con cada palabra su tranquilidad. —El General Tilan es el anfitrión. Tú sabes cómo le gusta usar esos eventos para su campaña.

—¿Y qué haremos? ¿Iremos?

—Aún hay tiempo para poder decidir eso.

La intensidad de la conversación puso a Vess nerviosa. Desde su lugar en la escalera, pudo ver a Papá envolviendo a Mamá en sus brazos, y sosteniéndola fuertemente. Ella lo abrazaba, como si su vida dependiera de eso. Vess se mantuvo detenida, hasta que pudo escuchar a Mamá sollozar suavemente.

Las velas podían esperar. Manteniendo su presencia secreta, Vess regresó a su cuarto.

A la mañana siguiente, Vess volvió a salir a primera hora. Llegar al santuario le tomó poco menos de media hora, habiendo aprendido mejor la ruta el día anterior.

Caminó entre los guardianes en silencio, estudiándolos. Esta vez pudo reconocer a las figuras faltantes. Una, era un águila de cuatro alas, aunque el tiempo había abatido a una de estas. Junto a ella, se encontraban dos serpientes, entrelazadas entre sí, ambas revelando sus colmillos. No muy lejos había un león con una presa irreconocible entre sus dientes. La última era un ciervo que se paraba firme y alto, manteniendo gran parte de sus cornamentas de piedra intactas.

Su presencia era imponente. El trabajo de esculpido en cada una era magistral. Admirándolas bajo tanta maleza y descuido, Vess consideraba una lástima como el tiempo las había olvidado.

No fue mucho después que Vess finalmente se tragó el miedo y regreso a la entrada secreta. Aún era temprano, así que tenía todo el día para seguir explorando. Ella sabía que de seguir postergando la expedición nunca lo haría, asique una vez ahí, entró sin siquiera detenerse a mirar la oscuridad que la esperaba. Para cuando era consciente de qué tan oscuro ese lugar en verdad era, ya estaba adentro.

Vess sacó de su mochila una linterna y una pequeña bolsa llena de pequeños chocolates coloridos. Alumbró hacia ambas direcciones, y después de mucho pensarlo, decidió dirigirse hacia el origen de los susurros en el viento del día anterior. Con el inicio de su recorrido, Vess empezó a dejar los pequeños chocolates en el camino, marcando la ruta.

Lo que siguió era oscuridad pura. Ella deambuló a través de ese túnel abandonado, que la llevaba cada vez más profundo a través del subterráneo. Aquel túnel se dividía y fraccionaba de tantas maneras, que después de una hora, Vess comprendió que lo que había encontrado no era solo un camino secreto, sino un laberinto.

Después de casi una hora, finalmente escuchó algo. Cuando se percató que lo que escuchaba en la distancia eran autos, apresuró el paso. La salida estaba cerca.

Vess contemplaba la probabilidad de que esa salida la llevara devuelta a la ciudad y la idea de ver su hogar nuevamente la llenaba de entusiasmo. Sin embargo, aquella esperanza se desvaneció una vez giró en el túnel.

Se detuvo en el inicio de esa nueva dirección, observando. El laberinto seguía infinitamente, como lo había hecho hasta ahora. Sin embargo, el ruido no venía de una salida, sino de pequeños orificios en las paredes, que daban hacia las calles de la ciudad, e iluminaban vagamente el camino ante ella.

Vess se aproximó al más cercano. El mismo no podía ser más grande que la palma de su mano. A través, se podía observar las llantas de los autos, que pasaban sobre las calles de la ruidosa ciudad. Vess continuó hacia la profundidad del túnel, observando a través de los agujeros a medida que pasaba. Le tomó casi un minuto darse cuenta que aquella cuadra era donde se encontraba la panadería. Su casa estaba del otro lado de la ciudad, ¿pero eso que importaba cuando había llegado tan lejos? Esto era lo más cerca que había estado de su hogar desde que se fueron.

Durante el resto del camino, Vess no quitó los ojos de los orificios. Giraba a través del laberinto, guiándose por el mapa mental que tenía de la ciudad. Con sólo el recuerdo, logró llegar hasta la plaza del mercado y después hasta la edificación del correo central. Teniendo presente las calles donde creció, ahora ella caminaba a través del laberinto, como si lo hubiera conocido toda su vida.

En la Plaza Menderlie fue que finalmente tuvo que parar. Por primera vez, encontró un obstáculo: rejas que bloqueaban el camino.

Las aperturas entre las mismas eran muy ajustadas como para que Vess pudiera entrar. Además, no había agujeros más allá de la reja de metal, y el retorno a esa oscuridad no le parecía un buen indicio.

Una vez se detuvo, todo el cansancio le cayó encima. Para alivio de sus piernas, Vess se sentó a un lado, decepcionada de haber llegado tan cerca, como para detenerse ahora. Capaz había una forma de dar la vuelta, pero eso conllevaría regresar casi media ciudad para encontrar un pasaje en el laberinto que la llevara hacía el desvió que necesitaba.

Lo primero que sacó de su mochila fue una botella de agua, y en el primer trago se bebió casi la mitad de la misma. Una vez hidratada, sacó una bolsa de frituras, lo que quedaba de la bolsa de chocolates, y finalmente, su libro. Aún era muy temprano como para regresar, y aquella tranquilidad en el túnel era perfecta. Con sus ojos en las letras del libro, Vess abrió la bolsa de frituras. En ese instante, la tranquilidad se quebró con un chillido.

Ella alzó la mirada. Podía sentir su rostro poniéndose pálido ante la certeza de que no era la única intrusa en esa oscuridad. Después de unos segundos, el sonido regresó, más cerca. Parecía el llamado de algún animal. Algo en Vess sentía alivió de saber que tenía esa reja en medio para protegerla de lo que sea que la observaba desde las sombras, pero estaba muy asustada como para moverse. Si las rejas no eran suficientes, Vess no tenía un plan de contingencia.

Cuando el chillido sonó por tercera vez, Vess lo sintió justo frente a ella. Sin embargo, a pesar de su cercanía, no sentía peligro en aquel sonido. Al contrario, parecía llamarla suavemente, evitando asustarla.

Vess esperó en silencio, su mirada sostenida por las sombras. Ella se inclinó suavemente, y con eso, el chillido sonó, gentil y cuidadoso. Lo que sea que la observaba desde la oscuridad estaba a solo un par de metros de distancia. Ella pudo oír sus pasos, que se acercaban suaves y lentos. Vess consideró que su acompañante estaba tan asustado de ella, como ella de él.

Las luces que se filtraban desde el orificio más cercano lo iluminaron, aunque inclusive así, le era difícil reconocer lo que la observaba. La criatura dio un último paso, y ahí se detuvo, en silencio.

No era un animal, pero tampoco era humano. Tenía brazos, piernas, y la piel pálida, cubierta por un viejo camisón gastado por el tiempo. Sus manos sostenían las rejas, revelando las cicatrices que cubrían todos sus brazos. Tenía dedos largos y garras desafiladas. Su rostro era como el de un pájaro, aunque los años parecían haberle arrancado muchas de sus plumas. Tenía ojos oscuros, rodeados por arrugas. Su pico estaba roto, faltándole un pedazo de la parte inferior, que revelaba debajo sus labios casi humanos.

Chilló otra vez. La miró, suplicante, aunque Vess fallaba en captar lo que la criatura deseaba. Vess giró confundida, tumbando las frituras, a lo que la criatura chilló nuevamente. Fue con eso que entendió.

Vess tomó la bolsa y se la acercó. La criatura paseaba su mirada entre ella y la ofrenda, dudoso, pero después de un momento, acercó su mano con cautela para aceptarla. Observó el tesoro unos segundos. Olfateó la comida y, una vez parecía seguro, se devoró las frituras en dos bocados. Después, alzó la mirada y le agradeció con lo que parecía una sonrisa.

—De nada —dijo Vess.

El huésped chilló nuevamente.

—Te comiste todo mi almuerzo. No tengo más.

Él respondió con un extraño sonido y una mirada de decepción.

—¿Me entiendes? —sus ojos se iluminaron.

Él alzó la mirada, lo que ella tomó como un sí.

—¿Qué eres? —le preguntó Vess, llena de curiosidad.

Él contestó con su dialecto de chillidos y sonidos guturales.

—Lo siento, pero yo no te entiendo a ti —respondió Vess.

Él no contestó, y solo la observó en silencio. Sus ojos eran como dos guijarros de negro puro que miraban a través de ella con tanta curiosidad e inocencia. Era una vista difícil de digerir, tomando en cuenta que parecía algún monstruo de esos cuentos que a Vess le gustaba usar para asustar a Teodoro. Le tomó un minuto hacer otro sonido, el cual Vess interpretó como un —Está bien.

—Es una lástima. Me hubiera gustado escucharte. Yo no soy una habladora, que digamos.

Él le respondió con un movimiento de su cabeza, como invitándola a decir más.

—Me llamo Vesia Franco, aunque todos me dicen solo Vess. Es un gusto conocerte. —Ella le sonrió. La criatura pasó su mano a través de la apertura de la reja y Vess se la sacudió. Su mano era seca, rasposa y arrugada.

—No sueles tener muchas visitas aquí —notó Vess, después de un rato de silencio.

La criatura negó. Señaló hacia ella y alzó un solo dedo.

—Pues no eres tan mal anfitrión. Tu reino es mucho más interesante que mi casa.

Él la miró como en pregunta.

—Papá nos trajo a vivir a una nueva casa desde que renunció a su trabajo. Y no creas que no disfruto verlo; antes lograba robar un poco de su tiempo solo una o dos veces a la semana. Pero ahora que estamos todos en casa todo el tiempo, se vuelve aburrido, ¿entiendes? Me imagino que él necesitaba un descanso y la casa lo ayuda, pero... Extraño mi viejo cuarto.

La criatura la observó, pensativo, e hizo un sonido suave.

—Tendremos que inventarnos un mejor sistema —Ella comentó, a lo que él contestó con su versión de una risa. Y a ese sonido, Vess sonrió, llena de un extraño calor de ternura. —¿Cuánto tiempo llevas aquí?

Él se encogió de hombros.

Eso la sorprendió. —Yo llevo poco más de una semana en la nueva casa y me muero de aburrimiento de no tener a nadie con quién hablar. No quiero imaginarme cómo haces.

Él chilló suavemente y señaló hacía los orificios. Siguió haciendo ruidos por un momento, claramente entusiasmado.

Vess no supo qué responder. Se mantuvo en silencio por varios minutos, impactada por el peso de aquella verdad. El saber que esta criatura ya debía haber vivido por años como un vigilante olvidado desde estas sombras la llenaba de lástima.

Vess y la criatura se mantuvieron en silencio por casi media hora. Él la observaba, curioso, mientras ella observaba la portada de su libro, considerando si continuar con la lectura o no. Él rompió el silencio, con un croar suave, mientras apuntaba hacia el libro.

—No te preocupes. Sería rudo ponerme a leer mientras estoy contigo.

Él respondió de la misma manera, señalando nuevamente.

Ella lo observó, confundida. Alzó el libro, acercándoselo un poco. Él señaló nuevamente, entusiasmado. —*¿El Abril de Áster y Ben?*

Él acercó sus manos, y las colocó juntas, imitándola.

—¿Puedes leerlo?

Él asintió.

—¿Quieres leerlo?

Él negó. Señaló nuevamente a uno de los nombres, y se señaló a sí mismo.

—¿Áster?

Él asintió, triunfante.

—¿Te llamas Áster?

Él negó.

—Pero te gusta ese nombre. Asintió, sonriente.

Sus ojos regresaron al libro y lo abrió. —Pues leamos un poco sobre tus hazañas, Áster.

Se decidió por prender una vela para leer mejor, y cuando abrió su mochila, se percató que contaba con una segunda bolsa de frituras. La sacó para que su nuevo amigo pudiera ver. A esa imagen, Áster saltó y chilló de alegría.

Vess regresó a casa casi una hora después. El descubrimiento del inquilino de este laberinto la llenaba de curiosidad y preguntas. Su caminata fue apoderada por esos pensamientos. Aquel mundo secreto más allá de la frontera de su jardín era como algo sacado de las páginas de uno de los libros sobre esos mundos secretos que siempre la llamaron.

Sin embargo, apenas había rasgado la superficie del misterio detrás de su nuevo amigo, y pensaba en las maneras de poder comunicarse mejor. Le hubiera encantado quedarse, pero la incapacidad de poder entenderlo le irritaba.

Regresar la llevó a pensar en su hermano. Desde el primer día, Teo se había embarcado a través de este mismo mundo, soñando en convertirse en un explorador como los de las fábulas. Por solo un segundo, consideró su reacción ante lo que ella había descubierto. Descartó la idea tan rápido como vino. Algo que trataba de ocultar dentro de ella dejó que el egoísmo la superara, y se convenció de que esta vez, este podía ser su secreto.

Cuando Vess llegó a casa, Mamá estaba en la cocina escuchando la radio, donde Cynthia Cirsenne relataba las noticias del día. La presentadora estaba hablando de un caso de refugiados alrededor de un tal Quentin Girol y contrabandistas extranjeros cuando Mamá reaccionó a la llegada y alzó la cabeza.

—¿Dónde estuviste?

—Conociendo los alrededores —Vess comentó, mientras buscaba entre una de las alacenas.

—Teo finalmente te convenció —Mamá la miró con ojos cansados.

—Son momentos desesperados. Supuse que, si él puede distraerse así, tenía que intentarlo también.

—¿Y tuviste éxito?

—¿Por qué crees que regrese hasta ahora? —Vess contestó con una galleta entre los dientes, y haciéndose paso hacia las escaleras.

Vess se alejó, muy distraída por el misterio de la criatura del túnel como para siquiera esperar una respuesta. A su salida, Mamá volvió a alzarle el volumen a la radio, para ahora escuchar sobre los reportes de la visita de algún funcionario importante.

Fue justo cuando iba subiendo las escaleras que se detuvo. El sonido de la radio le dio una idea, y con eso en mente, sonrió para sí misma.

Vess partió al día siguiente con una mochila más grande. Esa mañana se cruzó con Papá, y desayunaron juntos. Tenerlo ahí de esa manera le recordaba a los domingos en su viejo hogar, ya que solía ser el único día en que él desayunaba en casa. Una vez habían terminado, le dio un beso en la frente y partió.

Le tomó casi dos horas llegar. Lo más difícil, fue el camino a través de la oscuridad, y esta vez, se aseguró de dejar pequeñas piedras blancas en lugar de chocolates para que el rastro no se fuera a perder.

Ese día, lo atrajo con una bolsa de galletas.

—Dame unas semanas más y ese camisón te empezará a quedar apretado —comentó ella.

Áster trataba de sonreír con la boca llena.

Lo primero que Vess sacó de la mochila fue la radio. La encendió, para la sorpresa de su anfitrión, quién dio un salto para atrás. Ella bajó el volumen, y lo observó con calma, invitándolo a acercarse. Sonaba una vieja balada de esas que le gustaban a Papá.

Él se mantuvo estático por eso de un minuto, atento a los jugueteos de las cuerdas y la melodía que construía ese antiguo órgano con tanta emoción. Esa voz raspada de un tal Magarni o algo así, transmitía una fábula olvidada sobre un vaquero y su camino a casa. Los ojos de Áster observaban el aparato, perdidos en un mundo surreal, donde este silencio era reemplazado por aquella canción. Su mirada estaba llena de una emoción que parecía desconocer.

—Supuse que aquí abajo no tenías música que escuchar, así que creo que esto puede servir para entretenerte cuando no estoy.

Sus ojos brillaron ante la noticia del regalo, y con uno de sus chillidos, le agradeció. Ella le sonrió, y cuando la canción terminó, pasó a explicarle cómo usarla.

—Ayer me quedé hasta tarde buscando entre las cajas de libros en el estudio de Papá. —Vess le comentó después de un rato. — Esa pequeña exploración no fue tan fácil, pero cuando estaba a punto de rendirme, encontré algo. —Se sumergió en su mochila, entusiasmada, y sacó un pequeño libro. —¡Ta-da!

Le tomó un segundo comprender. Áster observó el libro cuidadosamente, y después de un momento, el entusiasmo también lo contagió. Aquella vieja portada celeste tenía de título *Bases del Lenguaje de Señas*.

—Me imaginé que funcionaría ya que me dijiste que podías leer. No será lo más rápido, pero es un inicio.

Él rápidamente se acercó, y extendió su mano, pidiendo el libro. Ella se lo entregó, y Áster enterró los ojos en las páginas, decidido a encontrar algo. Le tomó unos minutos, pero una vez había encontrado lo que buscaba, le hizo una seña.

Vess lo observó atentamente, mientras metía la mano en su mochila para su sacar su propia copia del código. En menos de un minuto encontró el significado:

—Gracias.

Se mantuvieron casi el resto del día practicando. Y los dos siguientes también. Cuando empezaron, Vess buscaba maneras de formular preguntas que pudieran ser contestadas con respuestas cortas, y a partir de ahí, fueron incrementando la complejidad.

Para el tercer día, Áster ya se había aprendido la mayor parte del libro de memoria, pero por el otro lado, Vess aún necesitaba tener el suyo a mano. A ella le tomaba un espacio de minutos poder entender las respuestas, pero poco a poco, lograban avanzar. De vez en vez, ella probaba formulando preguntas, usando el código como práctica, pero la mayoría de las veces se confundía a mitad de camino, y terminaba transmitiendo frases sin sentido, lo cual Áster siempre encontraba gracioso.

Principalmente, hablaban de las calles de la ciudad. Rumores, curiosidades e historias. No fue hasta ahora, que había sido alejada de su arquitectura, aroma y sonidos, que Vess comprendió el profundo cariño que le tenía a esa jungla de edificios. Esa ciudad y su encanto los conectaba.

Durante ese tiempo, Vess descubrió como Áster se fascinaba por las historias y extraños hábitos de sus vecinos de arriba. De una forma extraña, vivía a través de ellos y las biografías que lograba amarse en su cabeza.

—¿Recuerdas a tu familia? —preguntó Vess después de esos pocos días.

—Poco —admitió Áster, con franqueza y facilidad —Casi olvidados.

A ella le tomó un rato encontrar una respuesta. —¿Y eso no te molesta?

Áster se encogió de hombros, y no dijo más. Él la miraba, sin reflejo de que aquel tema lo afectara. Algo le decía a Vess que ya había pasado suficiente tiempo como para que fuera así.

—¿Y no sabes si eran como tú? ¿Si naciste así?

Él negó.

—¿Así que no sabes qué haces aquí?

Él la miró por un largo momento. —¿Acaso tú sabes qué haces aquí?

Ella no respondió. Lo miró, confundida, y llena de duda. La pregunta giró en su cabeza por minutos, hasta que su mente divagó lo suficiente como para dejarla ir. Si él no tenía una respuesta, capaz ella también tenía derecho a no tenerla.

—Entonces, si no sabes qué eres ni recuerdas a tu familia, ¿qué te pasó? —Vess preguntó un poco después.

Algo en Áster revivió. Sus ojos negros la estudiaban con ese temor que delataba el día que se conocieron. Negó con la cabeza. Sin más que decir, su mirada se volvió a perder en el pasado donde se escondía esa respuesta que él buscaba olvidar. En esa mirada, Vess podía ver el dolor que seguía tan vivaz.

Cuando Vess regresó ese día, Áster estaba escuchando a Cynthia, la reportera favorita de Teodoro. Vess podía escuchar la voz chillona que resonaba por aquellos túneles desde varios giros antes de llegar a él. Áster no se dio cuenta de su llegada de inmediato. Su mirada estaba en el aparato, como siempre. Sus ojos siempre se perdían escuchando el regalo de Vess, cómo si tratara de descifrar cómo habían metido a tantas personas para hablar ahí adentro.

—Cámbialo —Vess le pidió, una vez se sentó en su lugar de siempre.

—Problemas —contestó sin mover su mirada. —Arriba.

—Siempre —ella recalcó, cambiando la estación por su cuenta.

Áster se levantó de golpe y protestó. Hizo uno de sus chillidos, y se cruzó de manos. Vess lo observó, y sacó una bolsa con pastel en tregua. El orgullo de Áster era fuerte, pero la tentación era más, y solo le tomo medio minuto rendirse.

—Peligro —comentó él, señalando con su otra mano la radio, una vez se llenó la boca de crema, pastel y glaseado. —Hombres malos.

—Eso es lo que sobra.

Áster la miró por un largo instante, sin contestar. —¿Miedo?

Vess frunció el ceño. —Si me dejara asustar cada vez que dicen que algo malo está pasando allá arriba, nunca podría dormir. ¿Acaso tú tienes miedo?

Áster dudó por un instante, pero asintió.

Vess quiso contestar, pero las palabras le fallaron. No esperaba esa respuesta. Para ella, aquellos asuntos se mantenían en el ayuntamiento, y nunca tocarían la puerta de su casa.

—No hay de qué temer. En especial cuando vives en la mejor fortaleza del país —le comentó ella, esforzándose por imitar a su padre, que siempre encontraba maneras de calmar a Mamá.

Áster no contestó. La miró de reojo. Sin discutirle, cambió la estación hasta que encontró un tema de swing que le llamó la atención.

—¿Tu viviste la guerra? —preguntó Vess después de la tercera canción, cuando los indicios finalmente le entregaron la suposición.

Áster levantó sus ojos negros. Asintió.

Vess se mantuvo callada. Fue como si una pieza gigante en el rompecabezas le hubiera caído en las manos. Sus ojos eran incapaces de encontrar a los de él, y consumida por la culpa, quiso distraer su mirada en cualquier otro lado. Sin saber si por accidente o no, encontró las cicatrices que vio cuando se conocieron y trató de evitar contar. Ahora sabía que él había estado deambulando bajo esta oscuridad por décadas, cubierto en esas marcas que eran la tinta que aún guardaba las historias de esas pesadillas.

Después de varios minutos, la programación de swing terminó. Áster cambió la estación, y se detuvo cuando escuchó la voz de Cynthia Cirsenne.

Vess alzó la mirada, sin protestar. Recordó menciones en sus clases de historia que en aquel entonces no le había dado importancia. Recordó las historias de los exiliados y ahora olvidados. Ella ahora miraba a Áster con ojos diferentes. Ojos que no había descubierto en toda su vida y que adoptaba el día de hoy. Ojos que ahora comprendían el peso de las acciones de su gente.

—¿Qué les pasó? ¿A los Anómalos? —Se arrepintió después decir esa palabra, pero ya era tarde para disculparse.

Áster negó en silencio, sosteniendo su mirada atentamente.

—¿Qué los hacía diferente?

Su mirada se perdió en la nada por un minuto, para luego ser atraída por la luz de uno de los agujeros sobre ella. Él se encogió de hombros.

Vess suspiró, un tanto decepcionada. La voz chillona de Cynthia Cirsenne inundaba el silencio entre ellos, pero Vess no la percibía. Su mente divagaba y esa voz se perdía, como si fuera distante.

—Áster —lo llamó Vess, después de mucho pensarlo. — ¿Crees que Papá es malo?

Cuando Vess regresó a casa, ya casi anochecía. Las luces del patio ya estaban encendidas. Podía ver las luces en el segundo piso. Lo primero que escuchó al entrar fueron los tacones de Mamá, que resonaban desde arriba de las escaleras.

Vess subió, se acercó a la puerta, y se detuvo a observar a sus padres que caminaban de un lado a otro, mientras se arreglaban.

—¿A dónde van?

—La cena de navidad en la Presidencia —contestó Mamá, mientras buscaba entre sus cajones.

—Estaremos devuelta antes de las diez —agregó Papá. —No queremos perdernos la verdadera cena de navidad — él sonrió, refiriéndose al intento de Navidad que tendrían en la cocina con las cosas que había en la alacena y en la nevera.

Desde que habían anunciado que ese año ni siquiera intentarían decorar por la mudanza, Vess tenía pocas esperanzas de que fueran a celebrar algo, y saber que por lo menos harían ese intento, la alegró.

—Roben un poco de jamón —le sugirió Vess.

—¿Por qué crees que estamos yendo? —contesto mamá con picardía.

Mamá y Papá terminaron de vestirse pocos minutos después. Tomaron sus abrigos y se apresuraron a la puerta.

—Cuida a tu hermano —dijo Papá, mientras tomaba las llaves. Vess los observaba en silencio, parada en el pie de las escaleras.

—Les dejé unas cuantas sorpresas en el horno para que piquen hasta que volvamos —agregó Mamá.

Papá abrió la puerta, pero Vess los detuvo antes de salir. —Suerte —los abrazó.

—Gracias. Te queremos —contestó Papá.

—Los amo —replicó Vess.

Ambos la besaron, y giraron hacia el auto, conscientes del retraso. El auto se encendió y rugiendo, se aventuró hacia la oscuridad.

Eran casi las once y media cuando Vess escuchó los estruendos. Estaba en su cuarto, sumergida en la lectura cuando esos ruidos que oía a lo lejos le llamaron la atención. Aquel llamado de vuelta a la realidad le hizo entrar en conciencia sobre la hora. Sus padres no habían regresado aún, y el teléfono no había sonado en toda la noche.

Vess corrió a la ventana, y el brillo en la distancia le dio un escalofrío. Corrió escaleras abajo, para encontrar a Teo en la sala, quién estaba sentado con sus juguetes. Los estruendos y estallidos sonaban como en sinfonía, contundentes y sin descansar.

Su primera reacción fue la cocina. Prendió la radio, ansiosa por escuchar la voz chillona de Cynthia Cirsenne. Sus manos comenzaron a temblar cuando todas las estaciones le entregaron a cambio un tono muerto. Su siguiente instinto la apresuró a abrir la puerta de la entrada.

Ella sintió ese escalofrío que se esparce como una ola cuando viene la palidez, a medida que su corazón se apresuraba. A lo lejos, en ese horizonte que llevaba a su viejo hogar, se alzaba una nube naranja. Vess no se percató de qué tanto tiempo se habría mantenido atónita, detenida en la puerta.

Lo que la trajo de vuelta a su ser fue el sonido de las llantas a lo lejos. Vess podía ver el fuego alzándose furioso en el otro extremo de la ciudad. Ella entró de golpe, cerrando la puerta detrás suyo. Corrió a apagar todas luces, a lo que fue recibida por las quejas de su hermano. Antes de que pudiera hacer más alboroto, Vess corrió a él, para hacerlo callar.

En medio de sus prevenciones, Vess escuchó a los autos pasar. Ambos hermanos intercambiaron miradas de confusión, y se acercaron a las ventanas gateando, en silencio. Vess fue la primera en asomarse con la mayor cautela posible, y luego Teodoro la imitó.

Los autos que pasaban no eran como los que Vess había visto antes. Algo sobre ellos les recordaba a esos que Papá alguna vez condujo, pero la diferencia era clara. En ellos, iban hombres armados, que portaban cascos y escudos, vestidos con un uniforme de camuflaje, como esos que Vess y Teo alguna vez vieron en una película.

La mayor sorpresa fue el tanque en medio de la caravana. Vess tuvo que colocarle la mano en la boca a Teo. Era de un color opaco, y tenía pintado en uno de sus lados una bandera tricolor. Ambos observaron en silencio por minutos incontables.

Los disparos en la distancia fueron los que la hicieron reaccionar.

Ella tomó a Teo de las manos, y se apresuró a la cocina. Nunca supo si los autos se detuvieron o no. Era llevada adelante por la adrenalina, y el temor de mirar atrás y seguir viendo a esa caravana pasando. Teo la seguía sin protesta, aferrándose con todas sus fuerzas a su hermana, que lo mantenía cerca. Con su otra mano abrazaba a su juguete favorito, con la seguridad de que no había más nadie que lo podía proteger mejor.

Cruzaron el patio con cautela. Vess estaba segura que todo su cuerpo debía estar temblando, pero ella seguía adelante sin prestarle atención al miedo que gritaba dentro de su cabeza. Ella los guio a través de la oscuridad, llevada adelante por ese camino que ya conocía tan bien.

La majestuosidad de los guardianes no la alivio. Aún podía sentir el sonido de ese tanque y esos disparos como si estuvieran junto a su oído. No dejó que nada la detuviera en su camino hacia la entrada.

Cuando finalmente se detuvo ya estaban envueltos por la oscuridad más pura que había experimentado en su vida. Sabía que tenía que seguir, pero no había manera de continuar. No en tanta oscuridad.

Lo único que podía sentir en esa nada, era la mano de Teo. Él hacia preguntas, lleno de confusión.

—Todo va a estar bien —ella le repetía al oído con gentileza, envolviéndolo en sus brazos. Vess sentía que el corazón se le salía del pecho, pero nada de eso importaba. Recordando la imagen de su padre sonriente, se puso la máscara necesaria, y alivio a su hermano hasta que se durmió abrazándola.

Esa noche fue eterna.

A la mañana siguiente, Vess fue la primera en salir. Con la mayor cautela que podía reunir, inspeccionó el camino de vuelta. Una vez se cercioró que era seguro regresar a casa, llamó a Teo y lo cargó en su espalda, como solían hacer en esas aventuras de más pequeños.

La puerta trasera estaba abierta, como la habían dejado la noche anterior. Ella entró con cuidado, y tras unos minutos, se dio cuenta que era evidente que Papá y Mamá no habían regresado la noche anterior.

Teo la seguía sin protesta, reconociéndola como la líder de esta expedición. Llenaron sus mochilas con la mayor cantidad de provisiones que pudieron. Vess temía por cada segundo que se mantuvieran en la casa, así que los guio devuelta al bosque una vez estaban listos.

Aquel entusiasmo de explorador consumió a Teodoro una vez volvieron a entrar al túnel y finalmente pudo ver la entrada al laberinto. Verlo recuperar su energía le trajo calma a Vess.

—Lo de explorador lo heredaste de mí —ella le trató de sonreír cuando entraron.

Durante lo que siguió del camino, Vess hizo un gran esfuerzo por ocultar el temor que crecía dentro de ella. Su mente corría a miles de kilómetro por hora, pensando en lo acontecido la noche anterior. Sostuvo a Teo con fuerza, a través de toda la oscuridad.

Cuando llegaron a los agujeros, Vess se congeló en su lugar. Teodoro la observaba confundido, paseando sus ojos entre ella y lo que seguía frente a él. Le tomó varios instantes tomar el valor, pero lo hizo.

A través de ese primer agujero, finalmente vio la ciudad abatida. Las personas caminaban por las calles, cargando bolsas y maletas, buscando un rumbo. El fuego aún no moría. Autos alrededor de la plaza alimentaban pequeñas llamas, que algunos vagabundos usaban de fogata.

El resto de la ciudad, no era diferente. Algunos se escondían, mientras otros robaban. Las casas y tiendas estaban vacías. Ya no había gente en esas calles, solo fantasmas que caminaban disfrazados. Era una ciudad entregada al olvido.

Vess había anticipado esa vista más que nada, pero una vez vio el primer cadáver, se sorprendió igual. El hombre era calvo, aunque joven; parecía estar durmiendo. La sorpresa duro poco. Una vez lo vio, lo aceptó como una ficha caída más en el panorama de lo que una vez fue su hogar.

Áster los esperaba en la entrada de su palacio. En el fondo del túnel, las rejas de su prisión ahora se encontraban caídas, como una víctima más de las catástrofes del día anterior.

Cuando lo vieron, Vess sonrió y Teodoro se quedó mudo. Ella mantenía su brazo alrededor de él, solo para asegurarse de que se controlara. Teodoro miraba a su hermana, y luego al príncipe, consumido en sorpresa y asombro.

—Peligro —Áster le dio la bienvenida.

—Siempre —contestó ella, con ojos tristes.

Era la primera vez que lo veía con tanta cercanía. Áster era casi dos veces más alto que ella, y los observaba hacia abajo con mucha atención.

—Él es Teo.

Áster se agachó, para darle la mano. Teodoro lo saludó devuelta, estrechando su mano con mucho entusiasmo.

—Él es Áster.

Áster le sonrió.

—¿Papá? ¿Mamá? —preguntó Áster, mirando a sus alrededores.

—Se perdieron en el camino a casa —admitió Vess, buscando aguantarse las lágrimas.

Fue en ese momento que Áster reveló su mejor secreto. Bajo la luz del túnel, que llovía sobre él de esa manera tan peculiar, Áster reveló sus alas, que salían de su espalda. Eran viejas y grises, con pocas plumas, pero no dejaba de ser una vista imponente.

Él se agachó junto a ellos y los rodeó con ellas. Sus ojos gentiles se paseaban entre ambos.

—Los ayudaré a encontrarlos —señaló Áster, bastante seguro de sí mismo.

Y convencida por esa promesa, Vess abrazó con fuerza a su hermano. Suspiró profundo y siguieron adelante, seguidos por su ángel.

La Dama de Plata

—Te dije que aquí no habría nada.

—Pues tus sugerencias tampoco eran mucho mejor.

—¿Podrían callarse? No es muy inteligente que hagan tanto escándanlo.

—¿No crees que ya es hora de detenernos?

—Este no parece el mejor lugar. Tenemos que encontrar algo menos...

—¿Sombrío?

—Parar aquí sería como colocarnos en bandeja para el monstruo.

Dex escuchó los susurros no muy lejos de su cueva. Por el sonido, los pequeños estarían bordeando el sendero oeste. De no ser desviados, seguirían su camino y se alejarían, sin descubrir la sombra que los escuchaba en la distancia. Y aunque le parecía hilarante el hecho de que los pequeños pensaran que su dieta incluía la carne humana, a Dex le tranquilizaba evitar la posibilidad de enfrentarlos. Ya se había encontrado con suficiente suministro de supuestos 'cazadores de monstruos' para una vida entera.

No era la primera vez que los pequeños del pueblo cruzaban el borde hacia lo desconocido e interferían con la paz del hogar de Dex. Después de todo, era parte del espíritu inocente que cargaban. La curiosidad venía con la incredulidad. Sin embargo, ya era casi media noche cuando los escuchó. Este lote tenía que ser un poco más tonto que todos los anteriores para atreverse a explorar esa oscuridad a tal hora.

Al cabo de media hora, los escuchó perderse en la distancia.

La calma de la falta de compañía regresó a su pequeño mundo y con eso, Dex regresó a su libro. Aquella lectura contaba la enésima versión de la historia de un héroe de luz y un príncipe de sombra que Dex conocía tanto como lo que le quedaba de la palma de su mano. El autor se había tomado tantas libertados y había colocado tantos disparates, que para Dex funcionaba como un buen medio para distraerse con una risa.

Hacía siglos que Dex había perdido la habilidad para dormir, y desde entonces, se encontraba constantemente buscando maneras de consumir sus días ininterrumpidos. Y si había algo que había aprendido en todo este tiempo, era que sentarse a contemplar la vida y el pasado era una de las primeras cosas que se gastaban cuando tienes todo el tiempo del mundo.

En medio de la madrugada, los pasos cercanos lo sorprendieron. Él levantó la mirada de golpe, y guardó el libro de inmediato. Por más gracioso que le parecían los pasajes, él estaba seguro que no había manera de que aquellas páginas lo hubieran distraído lo suficiente para no darse cuenta de la cercanía del peligro. Cauteloso, se acercó hacia el origen de los pasos, empuñando con firmeza su daga.

Pocos minutos después, el acechador pudo recolectar la valentía para salir de entre los arbustos. Dex suspiró aliviado al verlo y bajó su arma. Era uno de los chicos que habían deambulado hace unas horas. Tenía una mirada determinante, y una postura temblorosa, con una daga que claramente no sabía muy bien como sostener.

—Te encontré —dijo el chico. —Ya suficientes problemas has causado —Su voz era empapada de una extraña mezcla de valentía y cobardía.

Dex frunció el ceño, asombrado por la visita. Se acercó, mientras los ojos del chico lo seguían hasta tenerlo frente a él. El chico trataba de evitar delatar su temor, aunque la palidez en su rostro decía lo contrario.

Le tomó varios segundos poder juntar las fuerzas que le faltaban para dar un firme paso al frente y, con determinación, clavar su puñal en el pecho de Dex.

Dex volteó los ojos, y con un suave movimiento de su brazo, le quito la mano de la empuñadora para luego sacarse el arma del pecho. —No seas tonto —le dijo, tirando la daga a un lado.

El intento-de-cazador dio un paso atrás. Se tropezó y calló sentado, mientras trataba de pensar en una alternativa para su plan, incapaz de siquiera mascullar palabras.

—No sé qué será lo que estés buscando, pero yo no soy ese monstruo —le aclaró Dex.

—Pero, tu rostro... Tu... —balbuceo.

—Sí, sí. No soy la vista más placentera, aunque es un poco rudo de tu parte juzgarme por eso, ¿no crees? —contestó Dex al sentarse junto a la entrada de su cueva.

—¿Qué eres? —le preguntó el chico después de un largo silencio.

—Soy lo que ves, niño. No hay mucho más que pueda agregar.

—¿Estás muerto?

—No estaríamos hablando si estuviera muerto.

—Pues eso pareces.

—Una cosa es parecerlo, y otra cosa es estarlo.

—No diría que te vez viejo, sino desgastado. Creo que a tu piel nadie le dijo que aún no es hora de empezar a caerse.

Dex se rio. —Bueno, ¿en qué soluciona tu dilema lo que sea yo? Deberías estar preguntando exactamente qué es lo que tú estás buscando.

—Un monstruo.

—Eso es muy abarcativo. Todos somos monstruos. Inclusive tú eres un monstruo para todos los roedores que le temen a tu tamaño.

A eso no supo qué contestar.

—¿Cómo te llamas? —preguntó Dex.

El chico alzó la mirada, descolocado por la pregunta. Pasaron varios segundos sin que contestara.

—Vamos, irrumpiste en la tranquilidad de mi madrugada para apuñalarme. Lo menos que podrías hacer es decirme quién eres.

El visitante se rio. Dex podía ver cómo sus músculos se relajaban con el pasar de la conversación. —Laycolv —contestó después de un momento.

—Que nombre más complicado —le contestó. —Yo soy Dex.

—Que nombre más extraño.

—No te voy a discutir eso —rio Dex.

Suavemente, extendió su mano, y aunque el chico tenía dudas de estrechar lo que sea que hubiera debajo de ese guante, extendió la suya y le dio un apretón firme.

—¿Y qué le paso a tus amigos?

—Nos separamos después de discutir cual era el mejor camino —admitió.

Dex alzó una ceja. —Esta no es la mejor hora para andar de cacería.

—Es en estas horas donde encontraremos al monstruo.

—¿Y qué opinan sus padres de que anden deambulando por lo desconocido a esta hora?

A eso, no contestó. Miró a Dex, y después de un momento, le soltó una sonrisa incomoda.

—Pues, puedes dormir en esa esquina—él anfitrión le propuso, incorporándose mientras señalaba a un pedazo de suelo. —Recupera tus fuerzas y mañana te ayudaré a encontrar a tu monstruo.

El chico balbuceó por un momento. Para cuando había recolectado las palabras para contestar, Dex se había dado vuelta y perdido dentro de la oscuridad de su cueva.

Esa mañana, Dex despertó a Laycolv. El chico rodaba sobre el césped, murmurando aterrorizado, hasta que Dex lo despertó de esa pesadilla con un suave empujón.

Lo primero que Laycolv vio al despertar fue a Dex. Era evidente que la visión de Dex le hizo cuestionar si había despertado o no. Le tomó un momento regresar a la realidad.

Dex consideró preguntar, pero notó que lo mejor era no. Dio vuelta, y continuó empacando. —Debemos salir ya para aprovechar el día. Ya perdiste suficiente de la mañana con ese descanso.

El chico se levantó sin protesta y procedió a juntar sus cosas. Notó la capa y capucha gruesa que ahora Dex vestía. —¿No tienes calor?

—El calor y el frio es algo que no siento hace mucho tiempo.

—¿Y para qué lo usas, entonces?

—Para evitar alborotos —Dex escondió su sonrisa detrás de la bufanda, dejando a la vista solo la sombra que cubría sus ojos. —No querría llamar la atención si nos cruzamos con alguien más.

Laycolv acordó en silencio.

—¿Y cómo crees que vas a ayudarme a encontrarlo? —Laycolv agregó.

—Conozco este bosque mejor nadie. Si hay un monstruo en mi bosque, soy tu mejor opción. —Dex se colgó un pequeño bolso a la espalda y giró hacia el camino que les esperaba.

Partieron casi de inmediato. Al bosque lo bañaba los rayos de sol, mientras despertaba las canciones mañaneras de sus caminos.

Seguían un sendero que se perdía cuesta arriba. Dex lideraba el camino, mientras el pequeño cazador lo seguía de cerca. De su bolso, Laycolv sacó un poco de pan y queso. Desayunaba mientras trataba de seguirle el paso.

El silencio era pesado, aunque no tanto como esa mirada que Laycolv posaba sobre Dex. El chico no disimulaba la magnitud de su intriga. Sabía lo suficiente como para aceptar su ayuda en esta búsqueda, pero eso no le quitaba de la cabeza sus ganas de descubrir qué se ocultaba tras ese desconocido.

Dex podía sentir esa mirada llena de preguntas y curiosidad sobre su espalda. Era una mirada que había visto ya tantas veces a través de los años.

—¿Y qué hizo su monstruo? —preguntó Dex para matar al silencio.

—Ha maldecido al pueblo —contestó. —Ha quemado tierras y se ha estado comiendo al ganado. Nunca habíamos tenido esa suerte. Ahora, ni siquiera sabemos cómo sobreviviremos hasta la próxima estación.

—Así que ustedes son los héroes que salvaran al pueblo — dio una mirada atrás con el ceño fruncido. —Si no tienen cuidado, esta aventura puede que haya sido en vano. No creas que todo funciona como en las fábulas con las que creciste.

—Mató al papá de Ulen —Laycolv se detuvo.

Dex no contestó. Mantuvieron sus miradas conectadas con intensidad.

—Eso no se repetirá.

Dex se contuvo de agregar algo más. Asintió derrotado, continuando su camino. —Ulen era una de las chicas, ¿cierto? La líder.

—Es la más determinada.

—Ya estamos casi en la cumbre —comentó Dex, señalando hacía el fondo del camino, donde el cielo despejado se escondía detrás de los troncos. —¿Ella fue la de la idea, entonces?

—Fue de Omir, en realidad. Su padre partió junto a un grupo de los hombres del pueblo buscando hacer justicia por su cuenta. Él la convenció pocos días después de que debían unirse a la cacería. Ella nos convenció a mí y a Temmar.

—¿Y hace cuanto inicio todo?

—Hace dos meses encontraron por primera vez el ganado muerto. Unas semanas después ocurrieron las quemas y empezaron a perderse varias plantaciones.

—¿Y el ganado? ¿Fue solo esa vez? —preguntó Dex.

—La segunda fue hace un mes. ¿Acaso tienes una idea?

—Quizás una que otra, pero nada por lo que me arriesgaría a apostar aún —admitió mientras cruzaba junto al último tronco y hacia la cima.

Cuando cruzaron, Laycolv no lo esperó. Caminó a través de la cima baldía, con los ojos perdidos en la distancia. Extendiéndose ante él, se esparcía el bosque que cubría colinas y montañas, como una manta verde sobre toda la región.

Dex lo observaba, sin decir nada. De la misma manera en que Laycolv era consumido por sus preguntas sobre la identidad de Dex, él se sentía igual de intrigado por este pequeño desconocido.

—En el pueblo están asustados —Laycolv rompió con ese silencio después de varios minutos. —Con todo lo que está pasando, temen que los espíritus que solían proteger al pueblo nos hayan abandonados. Qué supersticiosos, ¿no crees?

Dex miró a Laycolv por un largo momento antes de contestar. —¿Cómo sabes que no son los espíritus los que piensan que ustedes los abandonaron a ellos?

Siguieron caminando el resto del día. Una vez llegó el atardecer, no habían encontrado indicios ni del resto del grupo, ni del monstruo, así que buscaron un sitio en el cual armar una fogata.

Aquella nueva compañía había traído consigo la sombra de un recuerdo. Habían sido años desde la última vez en que Dex se había sentado junto a una fogata. Cada crujir de la madera bajo la luz naranja invocaba imágenes de su vida pasada, y no pudo evitar dejarse consumir por la nostalgia. Decidió levantarse y caminar para despejar la mente. Laycolv ya se había dormido. Él fue cuidadoso, y evitando sacarle de ese lujo que era perderse en el mundo del subconsciente, se hizo paso hacia la noche.

El paseo bajo la luna gibosa lo llevó a sus pensamientos respecto a la caza. Mientras repasaba los indicios que el chico le había compartido, se construía en la cabeza una imagen clara de lo que encontrarían. No podía evitar pensar en su nuevo compañero, y su inevitable consternación con lo que podrían descubrir al final de este camino.

Él seguía un sendero olvidado. A su costado, se extendía un manto de spaisys, que creaban luces multicolores sobre la grama. Poco después, Dex encontró los restos de otro asentamiento. En lo que quedaba de la fogata, aún estaban las ascuas naranjas. El viento había arrastrado pequeños pedazos hacia el césped. Dex corrió hacia los restos donde pisó con fuerza el carbón, para luego tirarle tierra encima, antes de que la candela pudiera esparcirse hacia el bosque.

Una vez el peligro se había extinguido, sus ojos se pasearon por el resto del sitio, fallando en encontrar rastro de sus antiguos habitantes. Maldijo en un suspiro y volvió.

No fue mucho después que lo vio a lo lejos. Laycolv caminaba a través de los árboles, como persiguiendo a la luz de luna. El chico caminaba con cierta determinación en sus ojos, provocada por su insaciable curiosidad. Dex lo siguió con la mirada y, como si fuera su sombra, emprendió detrás de él.

El chico finalmente se detuvo cuando encontró el manantial. La luz caía sobre las aguas cristalinas, que reflejaban el cielo como en un espejo. El bosque dormía, arrullado por la voz gentil de la vertiente.

Junto a una de las orillas, una dama vestida con un manto de plata acariciaba el agua con delicadeza. Su piel relucía, como si en cada poro cargara un fragmento de esa luz de luna que llovía sobre ella. Su rostro era cubierto por una máscara de lobo esculpida en madera negra. Frente a ella, un lobo plateado envuelto por la misma luz la observaba con admiración.

Cuando se levantó, extendió los brazos y, con la delicadeza de una flor, dio un paso hacia el agua. Ella caminaba sobre la superficie, bailando como si el mundo fuera de ese manantial no existiera, mientras que su acompañante la seguía de cerca. El agua debajo de ellos se movía con suavidad, a medida que los pasos de su baile dibujaban ondas a través de la quietud.

Esta era una escena de la que Dex nunca se había cansado, y como tantas veces, se dejó distraer por su belleza. La apreció en silencio, hasta que ella finalmente llegó a la otra orilla. Como si flotara, ella se hizo paso hacia la noche, hasta que su luz se perdió entre los árboles.

Laycolv aún no despertaba de la escena. Se mantenía callado, como esperando que el telón se volviera a abrir. Dex sonrió para sí mismo, y sin llamar su atención, regresó hacia el asentamiento.

Fue casi media hora después que Laycolv volvió. Sus pies lo habían traído devuelta a ese pequeño refugio, pero su mente se mantenía en el manantial.

Dex estaba sentado leyendo su libro. Alzó sus ojos arrugados y lo miró sentarse. El chico aún no registraba a Dex, que lo observaba a solo unos metros de él.

—Ese es su efecto en todos —Dex finalmente lo trajo de vuelta a la realidad.

El chico levantó la cabeza hacia él. Le tomó unos segundos registrar que Dex había estado ahí todo ese tiempo. —Regresaste —notó Laycolv.

—Que observador.

Laycolv lo miró devuelta. —¿La viste?

Dex le sonrió.

—¿Quién era?

—Un espíritu que ha vivido en este bosque desde su nacimiento.

Los ojos de Laycolv se expandieron. No respondió, y sin agregar más, se recostó. Sus ojos se posaron sobre el cielo despejado, donde dejó a su mente vagar en silencio.

—Me desperté de una pesadilla —comentó el chico después de unos minutos.

—¿Qué soñabas?

El chico esperó antes de responder. Parecía calcular sus palabras. —El monstruo. Nunca recuerdo lo que soñé, pero siempre se mantienen las sensaciones. El miedo, la adrenalina... El olor a la sangre.

Dex no respondió. Lo dejó viajar a través de sus propios pensamientos.

—Cuando me desperté, escuché el arrullo. Era como una canción que me llamaba. Fue así que la encontré. Y viéndola bajo esta luz, pensaba en la pureza de todo este bosque desconocido.

» En el camino de vuelta recordé la noche en la que encontraron al papá de Ulen. Habíamos estado paseando por las llanuras cerca del pueblo. Cuando regresamos, vimos a la multitud rodeando el establo y supimos de inmediato que algo había pasado. Esa noche Ul corrió sin despedirse. A la mañana siguiente ya todo el pueblo sabía: la madre de Ulen lo había encontrado en un charco de sangre. Los rumores decían que tenía una grieta en la frente. Todos los días desde entonces trato de contestarme si habrá sido el monstruo. Los demás están convencidos que sí, pero... ¿Qué tan seguros podemos estarlo? —Laycolv se calló por un momento. —En el pueblo hablan de que los espíritus guardianes protegen este bosque, así como nos protegen de los espíritus oscuros y de los demonios, pero... —Laycolv pensó muy bien antes de seguir.

Dex no quitaba su mirada del chico, y estudiaba cada gesto.

Laycolv sostenía la duda en sus ojos. —¿Quién nos protege de nosotros mismos?

Partieron temprano al día siguiente. Esa mañana lo único que los acompañó eran los esporádicos cantos de los pájaros. La mitad de ese día se había ido sin ningún acontecimiento notable.

Finalizando la tarde, cruzaron una cortina de ceniza que se alzaba ante ellos, como el portón de entrada hacia la zona. Dex vaciló, pero siguió.

Por casi un kilómetro se extendían los restos de troncos y de césped quemado. Sus miradas deambulaban por esa tierra olvidada, entregada al fuego y a sus cenizas. Aquella quema no debía tener más de un día. Algunos pedazos de tronco aún sudaban humo.

Dex caminaba detrás de Laycolv. Antes de alcanzarlo, oyó el distante sonido de una rama quebrándose, lo cual Laycolv no registró. Su mirada se alzó hacia la distancia, entre los troncos quemados. Pudo escuchar pasos alejándose, y antes de poder perderlo, lo vio. Un hombre alto y de espalda ancha se había detenido por un segundo para regresar su mirada. Usaba la cabeza de un lobo como capucha. Esa piel que vestía le cubría parte del pecho y la espalda, mientras pieles de otros tonos le cubrían el resto del cuerpo. Ambos se observaron en silencio, registrando su presencia. El hombre se dio vuelta poco después, para alcanzar a los demás pasos que lo dejaban atrás.

La mirada consternada de Laycolv corría por el paisaje, cuando escucharon un gruñido débil. Apresuraron el paso hacia el sonido hasta que lo encontraron: un oso negro que respiraba con dificultad, tendido sobre las cenizas. Sus gruñidos sonaban entre furia y súplica. El olor a carne quemada era casi tan fuerte.

Llevado por su inquebrantable sentido de heroísmo, Laycolv fue el primero en agacharse junto a la bestia. Sin embargo, una vez ahí, fue detenido por su extensa ignorancia, entrando en cuenta que no sabía qué hacer ahora.

Cuando Dex se agachó junto al chico, estudio a la bestia por un momento. El oso gruñía con debilidad, con la conciencia consumida por el dolor. Dex detuvo sus ojos en los de la bestia, antes de proceder a sacar su cuchilla. —Ya es muy tarde —dijo sin alzar la mirada. Algo le decía que Laycolv amagó en protestar, pero el chico fue más prudente.

Con firmeza, Dex le enterró la cuchilla, liberándolo del sufrimiento. El crujido de la hoja atravesando a través de musculo y hueso fue seguido por el respirar pesado de los restos del bosque.

Era como ese respirar con dificultad que trae la gripe.

—¿Qué hacemos ahora? —Laycolv levantó la mirada.

—Seguir. Sólo se puede seguir.

Las luces del día ya empezaban a marcharse. Dex paseo sus ojos a través del cementerio de cenizas, pensando hacia dónde dirigirse. La espera fue interrumpida por un fuerte chillido. Ambos se levantaron de golpe. ¿Qué otra criatura debía estar sufriendo las consecuencias de ese incendio?

El chillido fue seguido por fuertes gritos. Por el sonido, Dex podía calcular varías voces; tres si su teoría era exacta. Se apresuró a correr hacia el crepúsculo, sin esperar a su compañero de viaje.

Detrás suyo escuchaba los pasos del chico, que ya había agarrado como costumbre abalanzarse hacia el peligro sin cuestionamiento.

La carrera a través de los troncos quemados pasó en un abrir y cerrar de ojos, hasta que llegaron al borde del campo de cenizas, que delimitaba con la orilla de un río. Dex la vio correr sobre la superficie entre gritos de súplica y terror. Ulen y Omir estaban detenidos dentro del rio, con el agua hasta las rodillas. Omir sostenía con firmeza una daga, la cual goteaba un escarlata oscuro. Ulen disparaba con poca precisión un arco que claramente aún era muy grande para ella. Por otro lado, Temmar se encontraba agachada debajo de un árbol, sosteniendo sus piernas, y con sus ojos verdes pelados de los nervios. Era evidente que este no era lugar para una niña como ella. Quizás inclusive para ninguno de los tres.

Esperando del otro lado de la orilla, estaba el lobo de plata. Su pureza había sido ensuciada por una gran mancha de sangre que le cubría el costado.

Antes de que Dex pudiera hacer algo, Laycolv se le adelantó. —¡Deténgase! ¿Qué creen que están haciendo? —gritó, corriendo hacia ellos.

El llamado atrajo la atención de Ulen, a lo que falló otro disparo.

—Estás vivo —comentó Omir, aunque no había sorpresa en su tono.

Temmar fue quién lo tomó por sorpresa, saltando a su espalda para abrazarlo con fuerza. —¡Ya pensábamos que te habías perdido!

La dama de plata amagó para huir hacia las sombras, cuando Ulen alzó nuevamente el arcó. —Después tendremos tiempo para los reencuentros —dijo, con la mira en la dama.

Dex dio un paso hacia la conmoción, y con un brusco movimiento de su brazo en la distancia, quebró el arco en las manos de Ulen.

Ella volteó furiosa, y Laycolv se detuvo en su camino.

—¿Qué estás haciendo? —Laycolv la desafío.

Omir corrió por el agua con el cuchillo en mano para alcanzar a la presa, pero la pequeña brecha le había dado a la dama el tiempo suficiente para cruzar hacia la otra orilla, y aventurarse hacia el bosque, donde su lobo la esperaba.

Una vez los espíritus habían escapado fue que Dex notó las heridas de los depredadores. Omir tenía cortes en el rostro y en el brazo izquierdo. Su camisa estaba cubierta de sangre que caía en el agua, dejando un rastro rojo detrás del muchacho. Ulen, por otro lado, tenía una cortada que le cruzaba de lado a lado la parte superior del pecho.

—¿Qué tan estúpido puedes ser? —gritó Ulen, caminando hacia Laycolv.

—¡Era un espíritu del bosque, Ul!

—¿Y acaso crees que no sabíamos eso? —le refutó Omir.

Laycolv no contestó, sumido en la sorpresa.

—Tienen agallas para querer atacar a esos guardianes —dijo Dex, transmitiendo a través de cada palabra su molestia. Le tomó un esfuerzo bastante grande contenerse de eliminar de los pequeños ignorantes ahí mismo.

Fue en ese momento que los chicos finalmente registraron la presencia del hombre encapuchado. Omir alzó el arma. La desconfianza en sus ojos era visible.

—¿Quién eres? —preguntó Ulen. Dex veía los músculos de su cuello tensionarse, ante su falta de un arma. —¿Otro espíritu guardián?

Dex los ignoró. Giró hacia la oscuridad, tratando de atrapar algún indicio de la dama.

—Es mi amigo —contestó Laycolv.

—Amigo o no, se puso en el camino. Ya suficiente hemos pasado teniendo que depender de la protección de esos espíritus. Con el mal trabajo que han hecho, ya es hora de deshacerse de ellos —discutió Omir.

—Omir, no seas idiota —Laycolv contestó antes de que Dex pudiera hacerlo por él.

—Se convencen de que los espíritus son los responsables, cuando son ustedes los culpables de su propia suerte —sentenció Dex. —Fue el descuido de su pueblo lo que inicio las quemas. Así como fue uno de ellos quién mató a tu padre, no un *monstruo*. —Dijo esa última palabra con desdén cuando su mirada encontró la de Ulen, quien seguía muy cegada para creer la verdad.

Después de un momento, los ojos de Dex se pasearon entre todos, hasta detenerse en Laycolv. Se observaron en silencio por espacio de segundos, hasta que los ojos de Dex se dirigieron a la luna llena.

En ese instante, Laycolv cayó con un grito de dolor. Rodaba sobre su espalda, sosteniéndose el estómago. Sus alaridos se esparcían por todo el bosque, como si algo lo quemara por dentro. Los demás lo observaban, congelados por la escena.

Después de un minuto, sus gritos fueron remplazados por gruñidos y aullidos, que llamaban a la luna. La luz que caía sobre él evidenciaba la transformación. Un pelaje oscuro le empezaba a crecer a través de todo el cuerpo, mientras que entre gruñidos se arrancaba la ropa con las garras que le crecían de las manos. El chico se revolcaba sobre la tierra en el dolor, hasta que después de unos minutos, finalmente se detuvo.

Temmar fue la primera en dar un paso hacia él. El crujir de la suela sobre la tierra fue como una campana que despertó todos los sentidos de la bestia. Se levantó, y rugió ferozmente, revelando sus colmillos. El rostro de Laycolv se había transformado en el de un lobo.

Nadie lo vio moverse, pero para cuando lo notaron, Dex se encontraba entre la pequeña y la bestia. —Calma, amigo —dijo con una voz suave, a medida que se agachaba. Dex levantaba su mano con suavidad, para encontrar el rostro de Laycolv. Antes de que los dedos de Dex pudieran llegarle al hocico, Laycolv volteó con un rugido de rabia.

Omir le había clavado su cuchilla en la espalda. La bestia no se pudo contener del instinto, y saltó sobre el chico. Lo sostenía de los hombros con sus garras, mientras lo amenazaba con los colmillos a solo un respiro de sus ojos. Un pedazo de madera le golpeó el rostro antes de que pudiera morder a Omir. Ulen lo golpeó una segunda vez, con furia.

Dex intercedió, quitándole el trozo de madera antes de que Ulen pudiera tirar otro golpe. Omir aprovechó la distracción para saltarle encima a Laycolv. Ambos rodaban en suelo, luchando por superar al otro. Dex tiró a Omir de una patada, antes de que Laycolv pudiera degollarlo.

Omir y Ulen no desistieron, y con determinación atentaron atacar nuevamente a su viejo amigo, a pesar de la intervención de Dex, que los detenía tan fácil como si fueran harapos.

—¡Deténgase! —suplicó Temmar, lanzándose en el medio de la pelea.

Todos callaron. La intervención los trajo de vuelta a sus sentidos. Omir y Ulen jadeaban con dificultad. La pausa los hizo entrar en cuenta del peso de sus heridas.

—Él era el monstruo que estábamos buscando —escupió Omir.

—No —contestó Dex. —Ustedes lo son. Él era quien los iba a salvar.

Omir y Ulen intercambiaron miradas antes de dejarse derrotar por el silencio. Dieron vuelta, y sin mirar atrás, se marcharon, seguros de que no había forma de pasar a través del guardián de la bestia.

Temmar se mantenía sentada junto a Laycolv, sosteniendo su rostro con la delicadeza que muchos sueñan algún día sentir. Ella lo miraba con ternura, calmando sus rugidos. Dex podía ver a Laycolv en la paz de esos ojos.

—El monstruo nunca estuvo en el bosque —Dex le dijo, agachándose junto a él. La mirada de Laycolv se alzó para encontrarlo. Su nueva forma no le había arrebatado esa expresión llena de preguntas en sus ojos. —Y no. Con eso no estoy diciendo que el monstruo fueras tú. Al contrario. Cuenta la leyenda que cada generación, dentro del pueblo despierta un nuevo guardián. Uno que crece entre los humanos para después aceptar su verdadera forma y poder proteger esta tierra con la sabiduría de ambos lados.

En ese instante, Dex volteó. La dama de plata se asomaba con cuidado entre los arbustos, seguida de cerca por dos de sus lobos de plata.

—Sin embargo, esa duda y esa oscuridad que ha ido creciendo en el pueblo volvió tu pasaje una travesía más difícil. Tu ser quería romper con esta carcasa y aceptar su destino, pero otra parte dentro de ti aún tenía cosas por descubrir. —Dex le sonrió. —Así que hice lo posible para darte ese empujón para llegar aquí y que la pudieras encontrar.

La dama se agachó junto a él, y con sus dedos de luz le acarició el hocico. Luego, miró a Temmar. Algo le decía a Dex que la dama sonreía debajo de esa máscara de madera.

Con la caricia de los dedos de la dama, Laycolv terminó su transformación. Sus brazos y piernas se transformaban debajo de la luz que teñía su pelaje, hasta que su cuerpo finalmente era el de un lobo de plata.

Suavemente, acarició el rostro de Temmar. Se acercó a su oído, y susurró. Dex sabía que, con ese respiro, Laycolv le había encomendado a la pequeña la tarea de salvar al pueblo de la oscuridad. Porque, aunque esos entes de plata protegerían al pueblo como la habían hecho por décadas, ellos eran los únicos que podían salvarse de sí mismos.

Temmar lo abrazó una última vez.

—Búscame cuando lo necesites —le dijo Laycolv a la pequeña. Los ojos de Laycolv encontraron por una última vez a Dex —A veces las pesadillas que estamos persiguiendo, terminamos siendo nosotros mismos —dijo Dex.

Laycolv asintió. Con una mirada de calma ausente de preguntas, el nuevo guardián volteó y siguió a la dama de plata hacia la noche.

Tempestad

Ese día, Déon despertó aún lejos de casa. El bosque lo recibía con ese silencio tan propio de la madrugada.

Cauteloso, él se hacía paso entre árboles y arbustos siguiendo los rastros dejados por el ladrón en el suelo y los troncos. Déon era una ráfaga más en el viento que volaba entre las hojas.

Cuando finalmente vio a Megnot, este se encontraba junto a la orilla de la desembocadura del arroyo, rodeado de restos de frutas y verduras. Dormía junto a las tres bolsas de tomates y con una pata sobre una de ellas. Su rostro estaba casi tan sucio como su ropa. Vestía harapos ligeros, anticipando la movilidad para esconderse. Su altura honraba ese apodo por el que tantas veces Déon lo había escuchado llamar: El Rey Mapache. Déon opinaba que cualquiera que lo conociera, se daría cuenta de lo contrario.

Déon aprovechó la quietud para invocar a sus vientos y jalar las bolsas una a una hacia él. Cuidadosamente disimulaba los sonidos del movimiento con los del arroyo para recuperar dos de las bolsas.

—¿Quién está ahí? —exclamó Megnot, despertando de golpe. Sus ojos se expandieron en preocupación al darse cuenta que dos de sus bolsas ya no estaban. Con esa alerta se transformó. Creció del tamaño de un perro a casi dos metros de altura. Corría de un lado a otro, temiendo estar muy tarde para capturar al intruso. Megnot gruñía, furioso, pero a la vez, lleno de preocupación.

—¿No es muy bajo tener que robar esto así? —preguntó Déon, revelando su presencia a unos metros del mapache. — Incluso para ti.

Megnot dio un paso atrás, con una parte de rabia, pero otra de miedo. —¿Por qué arruinas mi noche así, Déon? ¿Dónde están mis tomates?

—¿Tus tomates? Hasta donde tengo entendido, te los robaste.

—No dejan de ser míos —contestó Megnot, recolectando su poca valentía para sonar decidido.

—Pues tras esa lógica, si te los robé devuelta ahora son míos —refutó Déon.

Megnot gruñó, pero la imagen era más ridícula que amenazante, a lo que Déon contestó con una suave risa. No había altura suficiente que lo volviera intimidante. Con su cola esponjosa, su panza y su camiseta verde, el rey parecía algún espíritu del cual los niños soñaban tras las fábulas de las ancianas, y no un feroz ladrón.

—¿Qué tal si lo apostamos, entonces? Si mal no recuerdo, las apuestas te encantaban. Es como robar, pero con pasos adicionales.

Megnot lo consideró por un momento. —Puede ser —contestó el mapache, al darse cuenta de su falta de alternativas.

—Tu bolsa contra mis dos —sugirió Déon. —Un poco desbalanceado, pero es lo menos que puedo hacer después de que hicieras que mi día empezara con una risa.

Megnot gruño, pero no mostró resistencia. —¿A qué jugamos?

—Algo sencillo. Es muy temprano para lo contrario. ¿Qué tal unas adivinanzas?

—Trato —sonrió Megnot, dando un paso al frente.

Déon extendió su brazo, y apretaron mano y pata para cerrar el acuerdo.

—De padres cantantes, pero no es cantor. Su traje es blanco y cubre su amarillo corazón —Megnot tiró su adivinanza primero.

—Un huevo —contestó Déon al instante, ahora tentado de unos huevos revueltos para empezar el día.

Megnot gruñó furioso, pero sin nada que agregar, solo se cruzó de brazos y esperó al turno del mago.

—Si vamos a hablar de cantantes, hay una que me viene a la cabeza —comentó Déon después de pensar por un momento. —En el amanecer del tiempo, ¿quién cantó la primera canción? —le preguntó sonriendo, ya que decirlo, siempre traía devuelta el recuerdo de la primera vez que escuchó aquella pregunta.

La mirada de Megnot empezó a divagar de un lado a otro en confusión. El mapache se hundió en profundo pensamiento por un largo instante, que se convirtió en minutos.

—Se te acaba el tiempo —le recordó Déon.

—Las aves —finalmente contestó, tratando de enmascarar su duda.

Déon miró a Megnot con una ceja alzada por un momento. —No —sonrío. —Mi cantante le enseñó a las aves a cantar.

A su error, el mapache chilló en tristeza. —¿Los faunos? ¿Los árboles? —Megnot lanzó más respuestas, en desesperación.

—Lo siento, panzón, pero perdiste —admitió Déon. Suavemente, levantó su mano, y ante la orden, el viento levantó la tercera bolsa.

Megnot rápidamente se lanzó sobre la misma, tomándola con el hocico, pero Déon ya la sostenía, antes de que el mapache pudiera escapar.

—La gané justamente — Déon le recordó cuando sus ojos encontraron los del mapache. Algo en ellos transmitía una intensidad imposible de ignorar. Pasó solo un momento antes de que Megnot finalmente dejara ir su botín.

—Ya veo por qué te dicen La Tempestad. Espero te pese en la conciencia como me mataste de hambre con el frío que se avecina —Megnot se dio vuelta, molesto.

—Aun tienes tiempo para conseguir algo más, con tal de que no sea robado. De lo contrario, sabes que volveré, ¿verdad? —le advirtió, solo con la mirada.

El silencio de Megnot fue suficiente respuesta para saber que estaba claro.

Déon tomó la recompensa y dando vuelta, se guindó las tres bolsas del hombro.

—¡Hagamos otro trato, entonces! —el mapache regresó a su tamaño regular. Ya se había resignado de esconder la desesperación. —Un tipo cómo tú debe tener cientos de tesoros a su disposición. Nada te costaría un trato más por algo para comer.

Déon se detuvo. No pudo evitar sentir lástima por ese torpe ladrón que desconocía alguna otra vida. La oportunidad quizás era más de lo que el mapache se merecía, pero Déon se dejó derrotar. —Está bien. Acompáñame y asísteme el resto del día y te recompensaré con comida.

Megnot no sonaba totalmente convencido, pero el trato era mejor que nada —Trato —concluyó, estrechando la mano del mago.

Sin decir más, Déon emprendió hacia la oscuridad del bosque sin esperar a su nuevo asistente. Megnot tomó su pequeño bolso vació y corrió detrás de él.

—Por cierto, ¿quién era el cantante? —preguntó Megnot.

—No te pases de listo. La respuesta no era parte del trato —contestó, sin siquiera mirarlo.

El camino de vuelta fue tranquilo. El silencio moría poco a poco, a medida que los bostezos del bosque iban despertándose junto a las canciones de los aprendices del primer cantante. Para cuando Déon finalmente llegó al borde del bosque donde lo esperaba la granja, el horizonte vestía de un naranja que poco a poco iba devorando la oscuridad del cielo.

Déon se detuvo junto al mapache antes de continuar. Abrió uno de sus bolsos y solo señaló adentro con la cabeza.

—¡No! —protestó Megnot cuando entendió.

—No creo que sea lo más prudente regresar acompañado del mapache que les acaba de robar.

—Puedo ser un mapache cualquiera. No me van a reconocer.

—Su reputación le precede, su majestad.

Megnot no parecía contento con eso, pero sabía que no había forma de discutirle al mago. Tenía que ceder si quería ese banquete de recompensa, así que saltó sin más queja.

Déon ajustó el bolso y cruzó la frontera del bosque, hacia las plantaciones que rodeaban el terreno.

—¿Devuelta tan pronto? —dijo Cech a la imagen del mago. El granjero atendía uno de los huertos detrás de la casa.

—Lo prometido es deuda —Déon le recordó, dejando las tres bolsas ante él. —Te aseguro que no volverás a tener tomates robados.

—De ser así, puedes quedarte aquí por todo el tiempo que desees —Cech se levantó, con el rostro iluminado.

—No será necesario. Tengo que seguir mi camino. Me esperan en un lugar esta noche. La cena y la cama de ayer fueron suficiente recompensa.

—Por lo menos el desayuno —insistió Cech. —Nadia ya pronto lo debe tener listo.

—Cech... —Déon podía sentir al mapache inquieto protestarle en la espalda.

—Huevos revueltos, pan y tocino recién hechos —lo interrumpió Cech. —Y el jugo...

Está bien —lo interrumpió devuelta. —Por eso me puedo quedar —sonrío el mago, dejándose ganar por la tentación.

Déon recibió la mañana con un desayuno junto a Cech y Nadia. A pesar de que el pan no era de lo mejor, el tocino estaba crujiente y los huevos revueltos saciaron sus ganas.

Siguiendo con las charlas de la noche anterior, Cech prosiguió contando sobre aquella vez que se perdieron en el camino a Tenuva y logró pescar un pez carpa que los alimentó por tres días. Cech se fascinaba por cada detalle de su aventura, y Déon se dejó distraer, ya que lo mejor de su travesía, no dejaban de ser las historias que escuchaba en el camino. Había sido una buena compañía para empezar el día.

Con el estómago lleno, Déon se vio forzado a dar por terminado el desayuno. Aún quedaba mucho por viajar, y el día aún era muy joven.

El mago dio una última vuelta por la esquina en la que durmió la noche anterior y ahí preparó todo. Revisó la caja de metal que había cargado junto a él durante casi todo el camino. La misma aún se encontraba intacta. El descanso de la travesía le había venido bien. Una vez listo, Déon guardó la caja, tomó su bolso, se amarró sus dos bastones a la espalda, y se despidió de la simpática pareja para poder regresar a la ruta.

Después de haber dejado la granja atrás, Déon dejó a Megnot salir de su escondite.

—Pensé que nunca se iba callar —empezó a refunfuñar apenas salió del bolso.

—Toda aventura merece ser escuchada —respondió el mago.

—Tú no me oyes a mí hablándote de todas las veces que...

Déon abrió una pequeña envoltura y le entregó un poco de pan y tocino, deteniéndolo de continuar las quejas. —¿Acaso ustedes los mapaches no tienen reuniones familiares llenas de esas anécdotas triviales?

—No me confundas con esos buenos para nada.

Déon no evitó que la sorpresa le cubriera el rostro.

—Todos esos orejudos son unos ladrones —dijo Megnot.

—Entiendo. Son tan diferentes —Déon contestó, incapaz de sostener su risa.

Megnot ignoró el comentario y continuó comiendo.

—Bueno, hazte útil. Hazte un poco más grande y ayúdame —Déon le propuso, entregándole uno de sus bolsos.

Caminaron por un par de horas más, en las que Megnot interrumpía la paz cada vez que se aburría para hacer otra pregunta.

—¿A dónde vamos?

—¿Qué llevas aquí?

—¿Es cierto que puedes volar?

—¿Estamos lejos?

—¿Qué almorzaremos?

—¿Es cierto que una vez tumbaste una montaña?

—¿Cómo supiste cómo encontrarme?

—¿Alguna vez estuviste en el océano érdico?

—¿Qué tan lejos puedes lanzar cosas? Tengo un amigo que una vez conoció a un orco que te vio lanzar un auto a través de un lago, pero no le creemos.

Déon se dejó entretener por la inocente curiosidad de su acompañante. Contestó las respuestas que pudo, y evadió magistralmente las inapropiadas.

Pero, así como preguntas y respuestas, tuvieron largos momentos de silencio. Uno que hundía a Déon profundamente en el recuerdo. Su mente divagaba a través de esas llanuras, caminando sobre las voces del pasado, recordando lo que una vez fue. Algo dentro de sí lo consumía, hasta que finalmente se cruzó con el Camino de Fernando, la carretera principal de la provincia. Déon no había visto este camino en meses, y su imagen lo llenó de un calor hogareño.

Durante el resto de la caminata repasó los preparativos para la celebración de esa noche. Los únicos compañeros de Déon en ese camino eran el sol, el viento, la ignorancia de su mapache gigante y la lista de mercado que se repetía en su cabeza una y otra vez.

Poco después del mediodía, Déon divisó el pueblo que se extendía sobre la pendiente de la montaña. Desde ahí, el pueblo parecía solo una nube de puntos de colores, aunque no dejaba de ser una vista placentera bajo esta luz. Ese lugar en la distancia era Brot, un pequeño pueblo habitado por faunos.

Fueron bienvenidos por el habitual ruido del mediodía: las voces de cientos de faunos que trabajaban, vendían, discutían, comentaban, compraban y balaban. El ruido era especialmente incrementado por el sonido de sus patas, ya que el pasar de sus pezuñas no es para nada sutil a los oídos.

Los caminos del pueblo que iban a través de la montaña estaban llenos de faunos. Era la hora del almuerzo, volviendo al tránsito por las rutas bastante pesado. Sin mucha alternativa, Déon se aseguró de tener puesta su capucha y, seguido de cerca por el mapache, se adentraron cuesta arriba, tratando de evitar cualquier distracción, hasta llegar a la avenida del mercado.

Aquella avenida era la más grande y transitada del pueblo. Los puestos de venta coloridos decoraban ambos lados de la ruta y apretaban en el medio a cientos de compradores. Humanos, faunos y duendes; cualquiera que estaba de paso por la zona aprovechaba para hacer una pequeña parada en el mercado de Brot.

El mago compró velas, nuevos bombillos, verduras, frutas y arroz (asegurándose de que el mapache no robara nada). En el sexto puesto, casi se distrae con una colección de antigüedades de los bosques de Berya, pero su llamado al deber fue más fuerte. Por un momento, casi pierde a su asistente cuando este vio una estantería de collares de lujo. En el noveno puesto, Déon logró encontrar una variedad de especies que compró, con ganas de experimentarlas. Con la lista casi completa, entraron a una pastelería que esperaba casi en el final de la avenida.

El rostro de Vora, la anciana detrás del mostrador, se llenó de sorpresa ante la imagen del mago en su tienda. —Es extraño verte aquí sin una caravana conmemorativa detrás.

—Hoy no he llamado la atención —le admitió Déon.

—¿Y esta es una nueva mascota?

—Un ayudante por el día —contestó Déon rápidamente. — Te traje algo interesante —Cambio el tema de inmediato, antes de que el mapache pudiera responder alguna grosería. El mago sacó de su bolso una extraña calabaza del tamaño de una silla, que claramente era casi el doble de grande del bolso que Déon cargaba. Detrás del mostrador, Vora alzo sus orejas puntiagudas y sus ojos se iluminaron.

—¿De dónde la sacaste? —La anciana pasaba sus manos sobre su textura, estudiándola con cuidado. —Es perfecta.

—Logré canjear un favor hace pocos días. Es suficientemente grande para diez pasteles.

—Capaz quince —sonrió. —¿Y qué quieres a cambió?

—Uno para hoy.

Vora levantó la mirada. —Ya es un poco tarde.

—Suficientemente temprano para terminar antes del anochecer —sugirió Déon. —Vamos, es para una ocasión especial.

—Está bien —La anciana cedió. —Prefiero acceder ahora a dejarte hablar por media hora hasta que lo haga.

Déon rio, triunfante.

—Regresa al anochecer. Y no estés tarde, que no eres el único con planes para hoy.

El mago asintió sonriente. —Nos llevamos un par de magdalenas por el momento —agregó, dejando unas cuantas monedas sobre el mostrador —¿Te molesta si dejo mis cosas aquí por el resto del día?

—Sí, sí, lo que quieras. Sólo no me vuelvas a dejar ningún huevo de grifo en la entrada —contestó sin mirarlo. Con los ojos iluminados por las maravillas que serían posibles con aquel regalo, ella dió vuelta y cruzó la puerta trasera con la calabaza gigante. Déon se sonrojó ante el recuerdo de aquella vez, aun apenado por el error.

—Espérame afuera —le instruyó Déon al mapache, lanzándole ambas magdalenas. El mapache las atrapó y salió sin queja después de dejar atrás todo lo que había estado cargando.

El mago se dirigió detrás del mostrador. Dejó uno de sus bastones junto al bolso en un costado. Abrió el compartimiento más importante. Sus ojos se postraron en la eterna oscuridad del agujero, y con un suave movimiento de los dedos, el viento atrajo consigo a través de aquella compuerta mística la caja de metal. La observó por un largo momento, mientras sus dedos se paseaban por esa superficie fría. Ensimismado, su índice seguía uno de los patrones del esculpido, sin acostumbrarse aun a la rigidez.

Colocó la caja devuelta en su compartimiento con cuidado. Una vez la misma estaba segura, movió su brazo izquierdo suavemente sobre sus cosas. Como un camaleón, el bolso y el bastón se hicieron invisibles.

Déon se levantó y regresó hacia la avenida. Consideraba maneras para ocupar el resto del día, cuando un pequeño fauno que corría tras su madre se chocó con el mapache. Fue ahí que finalmente lo reconocieron.

—¡Ten cuidado, chiquillo! —exclamó Megnot, ante la sorpresa.

El pequeño se detuvo conmocionado, y ese segundo de sorpresa fue suficiente para notarlo. Sólo una mirada del niño fue suficiente. —¡Mamá! ¡Es Déon! ¡Déon ha vuelto!

La madre estaba muy distraída en el quehacer, e instintivamente volteó para apresurarlo, sin prestar atención a lo que exclamaba el pequeño niño cabra. —Kito, apúrate. Disculpe por la molestia. A veces no sabe dónde están los limites.

—No se preocupe, viene con la edad, lo sé —admitió Déon, deteniendo al mapache de entrometerse con sus opiniones. —Pero son el mejor dolor de cabeza que uno puede desear.

La madre sonrió devuelta.

—¡Pero mamá, es Déon 'De El Viento'! ¡El mago! —insistió Kito.

La madre se calló ante la realización. En ese momento, el silencio se esparció por la avenida como una ola, a medida que las miradas corrían a la noticia. La multitud empezó a llamarlo, exclamando muchos de sus apodos, a lo que el mago respondió con una sonrisa incómoda y un saludo. Todo músculo en su cuerpo quería girar y correr, pero Déon no fue lo suficientemente rápido.

—¡Es Déon Romul!

—¡Déon De El Viento!

—¡El Halcón de la Tormenta!

—¡La Tempestad!

—¡Déon ha vuelto! —Repetían. Déon pensaba que, a este paso, ya todo el pueblo debía saber de su llegada, y sólo era cuestión de tiempo para que...

—¡Viejo amigo! —La voz gruesa se escuchó sobre las demás, a medida que tra gente le daba paso. —Hubieras llamado para avisar tu regreso. No estábamos preparados. —Jalder, el alcalde del pueblo, le dio la bienvenida con un abrazo. El fauno sostenía a

Déon con sus brazos gordos, mientras Déon se aseguraba de evitar ser lastimado por sus largos cuernos gruesos.

—Sabes que las entradas ostentosas no son lo mío —le recordó Déon.

—Es lo menos que podemos hacer —insistió.

No tomó mucho en que la multitud llegara a la plaza central. Velozmente, los faunos trajeron mesas de los locales más cercanos, mientras los demás traían comida. En una cuestión de solo minutos, toda otra actividad en el pueblo había cesado, y ahora todos se encontraban reunidos en la plaza para el festín en honor al retorno del héroe.

Déon se sentó vacilante en una de las mesas junto a Jalder, seguido por el mapache que ahora reclamaba su puesto honorario junto al mago, como su asistente personal. Ahí, fue elogiado con un gran plato de comida. El mago se cuestionaba de donde habrían sacado tal festín tan rápido.

Megnot devoraba platos como si no hubiera mañana, y aunque el mago no tenía mucha hambre, aceptó la ofrenda igual. A medida que terminaba un plato, el mismo era reemplazado por otro. Para cuando el mago iba por el tercero, un grupo de flautistas bailaba en el centro del festín.

—¿Y dónde estuviste todos estos meses? —preguntó el alcalde, mientras se llenaba la boca de pastel.

—Por ahí y por allá —dijo Déon. —Visitando viejos amigos, haciendo unos cuantos más, y despidiendo a algunos otros —Déon observaba cuidadosamente a Jalder, mientras tomaba un sorbo de su jarra. —Visité Los Entares por un tiempo y conocí unos cuantos pueblos y ciudades al sur de Tujijov —El viaje le pasó frente a sus ojos en un parpadeo.

—Estuviste ocupado —notó Jalder, mientras se limpiaba las manos llenas de pastel con su camisa. El alcalde dio un profundo suspiro antes de seguir. Con un gesto a los demás en la mesa, estos se levantaron para perderse en el festejo, dejándolos solos junto al mapache que estaba muy distraído por el pasar interminable de platos como para notarlos.

—Sé que entenderás que no te molestaría tan pronto si no fuera necesario.

—¿Qué necesitan? —la única sorpresa del mago era lo mucho que Jalder se había tomado en finalmente preguntar.

—Es un escuadrón —el rostro del fauno dejó relucir la preocupación una vez lo dijo. —Soldados acampando cerca del pueblo. Han estado causando estragos en las cercanías.

Déon fue contagiado por la misma preocupación una vez lo escuchó. —¿Hace cuánto? ¿Dónde están?

—Hace solo unos días. Por eso la noticia no se ha esparcido. Lo confirmé después de enviar a uno de mis asistentes a explorar. Pareciera ser que están dirigiéndose al norte. Están acampando a unos cinco kilómetros de aquí.

—¿Y qué han hecho?

—Han interceptado a unos cuantos viajeros y asaltado a algunos vendedores que salían del pueblo. Tù sabes cómo son esos fanáticos de la exclusión mágica.

—Comprendo. Me encargaré cuanto antes.

—¿Y qué quieres a cambio?

—Que se ahorren toda esta ceremonia cuando regrese — sugirió Déon, sonriente.

—Pero sabes que les encanta. Yo solo complazco a mi gente.

El mago se rio de eso. —¡Los incentivas! —lo corrigió. — Ambos sabemos que esto es solo una excusa para festejar. Así que mejor busquen otra. Festéjense a sí mismos. Me encantan las fiestas, igual que a cualquiera, pero vivo en las cercanías, Jalder, no puede ser que cada vez que voy a comprar papel higiénico pase lo mismo.

Jalder no estaba convencido, pero después de mucho dudarlo, accedió. -Está bien. No más festines.

Y aunque Déon sabía que el alcalde no mantendría su promesa, trató de satisfacerse con solo intentarlo.

Con una misión ahora en pie, Déon inmediatamente aprovechó la excusa para escapar del festín. Quizás en otro momento, él se hubiera dejado distraer por la música, las risas y los platos de comida interminables, pero hoy no podía darse el lujo. Hoy tenía que terminar sus quehaceres a tiempo.

Déon llamó a su leal asistente, quién lo siguió con la cara cubierta en glaseado y llevando un plato más en cada mano. Jalder se aseguró de que nadie notara su salida. Muy pocos en el pueblo sabían sobre esta amenaza, y lo mejor era evitar el pánico. El viejo fauno contaba con que el mago regresaría antes de que los pueblerinos tuvieran algo por qué preocuparse.

Su única parada fue en la panadería. Déon se apresuró al mostrador para tocar la campana. —Te dejo al asistente —le dijo Déon a la anciana apenas salió.

La anciana y Megnot se veían igual de sorprendidos. —Pero...

—Necesito encargarme de algunas cosas —dijo, como si eso explicara todo, mientras se dirigía la salida. —¡Ayúdala en lo que necesite! —le instruyó el mago al cruzar la puerta, sin una sola mirada atrás.

Con solo uno de sus bastones guindados de la espalda, Déon partió.

Una vez fuera del pueblo, el mago siguió la ruta marcada previamente por el asistente de Jalder a través del bosque que se extendía por kilómetros. A su lado descansaba la vista de la pradera junto a la cordillera. En aquel horizonte, el sol aún se podía admirar en el cielo. Una chispa de preocupación bullía en el fondo del estómago de Déon, pero con los años él ya había aprendido a vivir con eso. Aún tenía tiempo.

El bosque trajo de vuelta al silencio. El alboroto usual del pueblo se perdió detrás de él, reemplazado por el ensordecedor estruendo de su propia cabeza. La vista trajo consigo al recuerdo. Ya era costumbre para Déon la manera en que se dejaba atraer por el pasado. Era como un tren, que atravesaba sin aviso a su calma, con vagones cargados de imágenes que evocaban a esas emociones que el tiempo no permitía olvidar.

En esa ladera, su única compañía era el viento. El viento que Déon había aprendido a domar, para volverlo suyo, de la misma manera en que Déon era parte de él. Déon podía sentir al viento susurrarle en las mejillas, recordando y extrañando.

—*Es eterno* —el recuerdo traía consigo a esa voz. —*Y así como él se ha vuelto parte de ti, ahora tú eres parte de él, Papá. Algún día tú también serás eterno.*

Aquella voz cargaba consigo más sabiduría de la que Déon esperaba algún día tener. Y sumergido en aquel momento, dejó que ese sentimiento lo transportara a ese sitio de calma.

Déon finalmente los encontró después de una hora. Por el sonido, calculó que eran cinco. El escuadrón seguía un camino cuesta arriba. Cada uno cargaba una mochila con provisiones y utensilios, y de cada uno de sus cinturones, colgaba un revolver. Sigilosamente, Déon los estudiaba. El mago se escabullía con suficiente cercanía como para poder leer cada detalle necesario, pero con suficiente lejanía como para que esos árboles le sirvieran de camuflaje. En ese momento, el mago se cuestionó que tan acertado funcionaba su apodo, ya que La Tempestad fallaba en capturar todo el silencioso esfuerzo de acecho que venía con el trabajo.

Durante la caminata, no hubo ningún momento de la conversación que llamara su atención. Hablaban de lo usual: trabajo, quejas, chismes de algún ascenso, conquistas amorosas y uno que otro chiste de mal gusto sobre brujas.

Cuando finalmente se detuvieron a acampar, levantaron las tiendas y cada uno se encargó de su tarea: uno preparaba el plan para la ruta del día siguiente, dos se encargaban de recolectar la comida, otro se aseguraba de colocar un perímetro de seguridad, mientras el último salía para recaudar madera para la fogata.

El pequeño viaje de este último por las cercanías fue bastante rápido. En sólo veinte minutos, ya contaba con suficientes ramas y yesca. Sin embargo, no regresó con solo eso.

—Miren lo que encontré observándonos desde los arbustos —dijo al llegar, empujando al hombre que los había estado acechando.

El encargado del perímetro de seguridad fue el primero en alzar el arma. —¿Algún viajero perdido?

—Un amigo, si les interesa —contestó Déon.

Los soldados rieron. —Los amigos no espían sobre ti de esa manera —el primero hizo la observación. —¿Qué hacías escondido ahí?

—Solo pensaba en la mejor manera de aproximarme. Hace días viajo por la zona y fue un regocijo ver a otros humanos — admitió el mago, a medida que su mirada se paseaba entre todos. —Pero al verlos, más que de regocijo, me llené de preocupación. Tenía que advertirles de la maldición.

El encargado del perímetro frunció el ceño, mirando al recién llegado con sospecha. —¿Maldición?

—Por supuesto, la maldición de este bosque. Cuenta que cae en los enemigos de los faunos que deambulan por suficiente tiempo en sus bosques.

Los soldados rieron otra vez. —Nos trajiste a un comediante — comentó el encargado del mapa.

En ese momento, los demás exclamaron en sorpresa. El segundo giró su arma hacia el encargado del mapa.

—¿Qué ocurre? —Exclamó. —¿Acaso han perdido la cabeza?

—No es nuestra cabeza la que nos preocupa —contestó el primero. —El hombre tenía razón.

—¿De qué hablas? —el encargado del mapa se acercó en confusión, pero el cuarto soldado dio un paso al frente con el revolver en mano. El encargado del mapa se detuvo.

—Si no te conociera de toda la vida, ya te hubiera puesto una bala en la cabeza —comentó el último, con la mano sobre el revólver aún enfundado.

—Alguien explíqueme qué ocurre —contestó el encargado del mapa, confundido por las miradas de los demás.

El primero dio dos pasos al frente para alzar el espejo y mostrarle. El encargado del mapa gritó de un susto. Dos grandes cuernos le sobresalían de la frente y sus orejas ahora eran largas y puntiagudas, como las de una cabra.

—¡Es él! —Exclamó el último, girando su arma hacia el primero. La nariz del primero se engordaba, para asimilar la de una cabra, mientras dos cuernos le salieron de la frente.

El segundo y el cuarto rápidamente voltearon, pero antes de poder apuntar, ambos se tropezaron. En ese instante se dieron cuenta que sus zapatos se les habían salido, encontrando a un par de pezuñas en lugar de sus pies, Sus piernas se engordaban, y una vez fueron lo suficiente grandes, rompieron sus pantalones, revelando debajo sus peludas patas de cabra.

El último dio un paso atrás, en susto, mirando de un lado a otro, sin idea de cómo actuar. Todos sus compañeros se estaban convirtiendo en el enemigo. —¿Qué está pasando? —Gritaban los otros cuatro.

Y cuando el último trató de contestar, en vez de su voz, al soldado le salió un fuerte balido que acompañaba la transformación de los demás.

Aterrados desde las pezuñas hasta los cuernos, los soldados huyeron, sin perder tiempo ni para tomar sus cosas. Sin una mirada atrás, los cinco se hicieron paso devuelta por el camino que bajaba por la montaña, lejos del bosque y de los hombres cabra.

Regresar fue fácil. Para cuando el mago cruzó devuelta por la entrada del pueblo, acababa de anochecer. Déon corría por las rutas del pueblo, evitando ser detenido por cualquier fauno que pasara. Cruzó el mercado, ahora casi vacío, y de una patada, entró a la pastelería jadeando.

—Justo a tiempo —Vora sonrió ante la llegada. —Ya me estaba por ir.

—No pensaste que te fallaría, ¿o sí? —Déon se acercó, cubierto en sudor.

—No lo dude ni por un segundo —admitió.

—¡Por fin! —Megnot salió de la puerta trasera, trayendo consigo un bolso. Dentro, había una gran caja blanca.

—Espero lo disfrutes —agregó Vora.

—Te lo aseguro —contestó el mago, lleno de alivio ante la imagen. —¿Cómo se comportó el pasante?

—Nada mal —admitió ella, mirando al mapache con esa compasión que tienen las abuelas.

—Bien hecho —dijo Déon. El mago cargó sus cosas a la espalda, y partió hacía la puerta, llevando una sonrisa de oreja a oreja. —Buenas noches, Vora.

—Buenas noches, Déon. Y felicidades —dijo ella, antes de que saliera. —Espero tengas una linda noche.

Con su lista completa y los quehaceres terminados, Déon salió de la pastelería, seguido de cerca por su asistente.

—Pues eso concluye el día —le dijo al mapache, antes de poder emprender hacia la ruta. —Felicidades. Tu cuenta fue saldada.

Por un momento, parecía que Megnot le agradecería, pero se detuvo. No supo qué decir en vez. Consideró su respuesta por unos segundos, muy distraído por su pensamiento. Cuando notó lo que Déon estaba haciendo, ya el mago había enterrado el cuchillo a través de la mitad del pastel. —¡Espera! —exclamó el mapache.

—Aquí está tu recompensa —Déon extendió su mano, entregándole en un plato que materializó de la nada la mitad del pastel.

—Pensé que ya se había cumplido esa parte con el festín.

—No, esos son solo los gajes del oficio.

Megnot dudó.

—Vamos, que te lo ganaste justamente.

El mapache aceptó. —Gracias. Y felicidades. —finalmente se dejó decirlo.

—¿Y ahora qué? ¿Devuelta al bosque?

El mapache lo consideró detenidamente. —No —contestó después de un momento. —Creo que compartiré el pastel con la vieja. No dejó nada para ella y se veía bastante tentada cuando lo terminamos.

—Buena suerte, entonces —contestó Déon, girando hacía la ruta que lo llevaría a casa.

—Una última pregunta —dijo el mapache con una pata en la puerta. —Cuando te fuiste, ¿Cómo supiste que no me iría? ¿Cómo supiste que no le robaría a la vieja y me iría?

—Porque tu estómago es más inteligente que tu cerebro —respondió sin mirar atrás, siguiendo su camino. —Y porque sabías que, si osabas robarle, no había forma de escapar de mi furia.

Megnot lo consideró y no dijo más. Entró, un tanto complacido consigo mismo al pensar en la respuesta de Déon, considerando que ese héroe de leyenda conocido como La Tempestad quizás no siempre tenía la razón.

Déon continuó directo hacía la ruta fuera del pueblo. Por un momento, pensó en Jalder, pero consideró que la noticia sobre los soldados podía esperar hasta la mañana. Después de todo, el mago aún tenía cosas más importantes a las que atender.

Una vez fuera del pueblo, caminó por la ladera por una hora más, hasta finalmente divisar su pequeña cabaña en la distancia. Su hogar bajo la luz de la luna era la mejor vista que había tenido en todo el día.

—Cariño, estoy en casa —dijo Déon una vez entró, y no pude evitar reírse para sí mismo. Ese chiste nunca envejecía.

Una vez dentro, dejó sus cosas en su lugar, y pasó a traer todas las compras a la cocina.

Con un chasquido de sus dedos, la cabaña tomó vida. Una cubeta, seguida de un trapeador y una escoba salieron de una de las puertas y empezaron a limpiar todo. Los bombillos saltaron fuera del bolso y se enroscaron en las lámparas vacías. Los muebles polvorientos salieron de la cabaña en caravana como en un baile, donde se limpiaban con un cepillo de todo el polvo. Una vez limpios, algunos se hicieron paso devuelta a su lugar, mientras una mesa y una silla se ponían de lujo para la cena.

En la cocina, los ingredientes saltaban de un lado a otro. Dos cuchillos se hacían paso de aquí para allá, cortando y moviendo ingredientes junto a los envases. Déon recibía los elementos listos, y sumergido en la tarea, tarareaba durante la preparación de la comida.

Ese baile de la cabaña tomó una hora aproximadamente, y cuando había terminado, ahora la casa estaba impecable. El polvo se había ido, las luces estaban devuelta, el piso relucía, y en el patio, estaba todo preparado para la celebración.

Déon salió satisfecho de la cocina, llevando consigo la comida lista. Hace meses que no cocinaba, pero a pesar de todo, sentía que aún no había perdido el toque.

El mago puso los dos platos en la mesa, que era iluminada por dos velas. En el centro, la mitad del pastel de calabaza estaba cubierto con un glaseado imperfecto. En la superficie debía haberse leído 'Feliz Cumpleaños, Déon', pero a esta mitad del pastel solo le quedaban las letras *Fel Cumple Dé*'.

Él se dio vuelta y se dirigió a la sala a buscar la caja, donde alguien lo esperaba. Se agachó y, con cuidado, abrió por última vez el compartimiento de su bolso. Con un movimiento gentil de sus dedos, la caja suavemente se acercó a él. Sus manos se pasearon por la superficie con cuidado, y tras un gentil susurro, la misma se abrió. Dentro, había una urna de cristal.

Él la levantó de su sitio, y con cuidado, la llevó hasta el patio, donde la puso en la mesa, frente a él. Desde aquel sitio, se extendía la vista del horizonte. Las luces del pueblo se divisaban en la distancia, ahora los faunos sumergidos en un profundo descanso. En el cielo despejado, la media luna los observaba con melancolía, aprovechando aquella orquesta de silencio para escuchar la voz del primer cantante. La voz del viento.

—No pensaste que iba a celebrar esto con alguien más — Déon le dijo. —Sé que no te gusta tanto, pero preparé el arroz, porque sé que capaz eso hubieras cocinado tú.

Con una sonrisa llena de tristeza, Déon observaba a la urna frente él que leía: *Aura Romul*. Algo le decía que ella hubiera contestado con un chiste y por eso, sonrió.

—No hay mejor compañía con la que me gustaría compartir hoy, hija. —Él le admitió.

Sin más preámbulos, la cena comenzó. Él la observaba en silencio mientras comía, hasta que finalmente decidió contarle sobre su día. Por solo un instante, quiso pretender que esa noche era como esas de hace años. Su semblante se esforzaba más que nada en el mundo por ocultar algo, pero el tiempo le había otorgado la fuerza para sonreír por ella.

Déon suspiró profundamente, satisfecho por la cena. Le tomó unos minutos, pero una vez pudo recuperar la valentía, se levantó. La tomó en sus manos con la gentileza con la que alguna vez la habría cargado cuando aún era así de pequeña y caminó con ella hacia el cerezo que la había visto crecer. Ahí se detuvo, y en el sonido de las hojas, escuchó su risa. Recordó ese día, que parecía hace una vida atrás, en el que partió a buscarla, y ahora trataba de cargar con el peso de finalmente haberla traído devuelta a casa.

Suavemente, abrió la urna, y la dejó volar a través de la brisa. Sus ojos deambularon con el cantar del viento. Era un susurro que consigo se llevaba a la tempestad de aquel sentimiento. Aquella voz tan única le recordaba a la noche en la que ella le reveló aquella adivinanza. Y en esa voz la sentía a ella, dándole vida a esa canción.

Selene

1952

La música vibraba a través de toda la taberna. Ella supo que no sería un miércoles usual en El Panal del Oso cuando reconoció al rostro de Alphonse entre los desconocidos y los regulares.

En la barra, los tragos salían al compás de la percusión. Como era de esperarse, Kenny se había unido a la banda, tocando notas ebrias en el piano. Los Sams se peleaban por bailar con la hija del alguacil, y ella estaba muy distraída bailando con dos de sus amigas como para notarlo. Los usuales mantenían la rutina, mientras algunas caras desconocidas se mezclaban entre ellos. El Panal era el destino usual de todos los que pasaban por el pueblo. Siempre aparecían caras pasajeras, que iban y venían sin llamar la atención.

Carmela lo notó sentado al final de la barra, tomando y moviendo suavemente su cabeza al ritmo de la música. Estos últimos años lo habían envejecido, pero ella podía reconocer ese rostro en cualquier lado.

Alphonse vestía un traje gris, como los del tipo de hombres que pasaban rara vez por aquí. Tenía un porte firme y elegante, lo cual era una imagen extraña para los ojos de esa anciana, que lo recordaban tan desalineado y mal vestido años atrás. Tenía un rostro liso y bien afeitado. Su cabello corto estaba peinado como alguna de esas estrellas de cine que a ella tanto le gustaban. Las canas se mezclaban a los lados de su cabeza con su cabello oscuro. Era la imagen de un chico vuelto hombre.

Ambos cruzaron miradas en ese momento. Él la reconoció con ojos afectuosos y alzó su vaso desde lejos. Ella reflejó el gesto y siguió trabajando.

Los clientes usuales brindaban cada vez que ella traía una nueva ronda. Cada hora, los miembros de la banda iban rotando entre los borrachos. Y como todos los miércoles, para eso de las once, ya casi todos se encaminaban devuelta a casa.

Poco antes de la media noche, Carmela interrumpió a Alan, su fiel ayudante, mientras él limpiaba las mesas. Él era un chico poco brillante, pero con una determinación inquebrantable, quien había llegado a su puerta cuando este tenía dieciséis. El huérfano poco sabía leer ni escribir, pero durante esos dos años, se ganó la vivienda atendiendo en el bar. Carmela lo excusó por la noche y le instruyó que acompañara a casa a la hija del aguacil.

Carmela se hizo paso entre las mesas con un trapo, limpiando las sobras. Se detuvo antes de llegar a la barra, detenida por el leve dolor que le regresó a las rodillas.

—Esta no es edad para que sigas hasta tan tarde —comentó Alphonse con ese tono sarcástico que los años no le quitaron.

—¿Acaso esperas que esté sentada en un porche leyendo el periódico?

—No te vendría mal.

—Creo que después de tantos años, la tranquilidad se vuelve una extraña.

—Supongo que es cierto que no puedes enseñarle nuevos trucos a un perro viejo.

Carmela le tiró el trapo al rostro, y él lo atrapo a medio camino, mientras reía. Ella trató en vano de sostener su risa. Pasó un minuto, hasta que Alphonse se levantó. Se quitó el saco, y con el trapo en mano, continuo la limpieza, mientras Carmela lo observaba desde su asiento. —¿Cuándo regresaste?

—Hace unas horas —él llevaba algunos de los vasos hacia la barra.

—¿Y cómo te trata el regreso?

Alphonse alzó la mirada, y se detuvo a considerar. —Creo que lo más tenebroso viene ahora —admitió, cargando un peso sobredicho en su mirada.

—Entonces, ¿qué te trae por aquí? ¿Además de para burlarte de mi vejez?

Él sonrió, caminando detrás de la barra con familiaridad, como si nunca se hubiera marchado. Llevaba varios de los vasos al fregadero, donde empezaba a limpiarlos con el agua fría. —Me enteré que estabas manejando este lugar por tu cuenta.

Carmela no contestó y se encogió de hombros.

—Siento mucho lo de Ronald —él se detuvo para agregar. El correr del agua era el único sonido en todo el establecimiento.

—No te preocupes —ella sonrió con un tipo de sinceridad ajena al dolor. —Cuando llegas a esta edad, es solo una cuestión de tiempo.

—¿Cómo estás? —la observó cuidadosamente.

—Tuvimos todos los años que pudimos —en sus ojos, ella cargaba con fuerza el optimismo.

—Eso no contesta la pregunta.

Y ella no la contestó. Alphonse sabía que no había mucho que podía hacer al respecto, y regresó a la limpieza. Arregló los platos y vasos, y una vez terminado, regresó con un nuevo trapo a continuar sobre el escenario.

—Te preocupas mucho por mí —observó ella.

—Es difícil evitarlo.

Verlo caminar entre los instrumentos la llevó al pasado. Lo recordaba tan vivaz, cantando a toda voz junto al piano. Por años, él había viajado de pueblo en pueblo, solo con una guitarra en la espalda. Esos años fueron los que lo trajeron a su puerta tantas veces. Sus memorias estaban cargadas del sonido de sus canciones.

—¿Cuánto tiempo estarás por aquí? —preguntó Carmela.

Él se detuvo y la miró. Sonrió pícaramente, como un niño atrapado en medio de una travesura. —Solo esta noche —admitió al sentarse. —Me esperan en otro lugar.

—Algunas cosas no cambian —ella se levantó con cuidado. Se acercó al escenario, trayendo consigo dos tragos. —Es un gusto verte de nuevo.

—El sentimiento es recíproco —brindaron y tomaron juntos.

—¿Y cuál es la historia, entonces? —preguntó ella finalmente. Él la miró extrañado.

—La última vez que te vi fue hace años y aún llevabas la guitarra. Ahora regresaste peinado y con un traje.

Alphonse rio.

—Tiene que haber una historia en el medio.

Los ojos de Alphonse se mantuvieron en el piano por espacio de segundos, mientras buscaba las palabras para contestar. Su mente hurgaba en los recuerdos, buscando donde empezar.

—No me creerías ni la mitad —dijo Alphonse.

—Inténtalo.

Alphonse se rio entre dientes. —Como en todas las buenas historias que esperarías de un músico, todo cambió por una chica.

Carmela lo miraba, expectante.

Alphonse suspiró, como en preparación, y continuo. —No sé si recordarás cuando estuve por aquí en el '47.

—Fue en invierno, ¿no? Partías para el norte.

1947

—Claro. El primo de un amigo de López me había hecho una invitación para un encuentro. Todos los detalles los habían dejado en una carta que López me había entregado la última vez que nos vimos. A decir verdad, estuve muy cerca de rechazar (recuerdo que hacía demasiado frio para atreverme a salir en un viaje así), pero ya le debía demasiados favores al argentino como para faltar. Así que después de verte esa vez, partí muerto de frio hacia la tormenta.

Si tuviera que decirte cómo logré llegar, no sabría. Una vez estaba cerca, me percaté de lo confuso que era el mapa que habían dejado adjunto, y para cuando consideré volver, ya me había perdido. Imaginarás mi sorpresa cuando había perdido toda esperanza y la tormenta empezó a tararearme. En aquel entonces sospeche que tenía que haber sido el frio o el hambre lo que me hizo delirar. Era una voz baja, que solo la recuerdo como dentro de mi cabeza, pero no en mis oídos. Era como un farol mental. La canción variaba cada vez que cambiaba el rumbo, y una vez reconocí la variación correcta, noté como había empezado a seguir a los copos de nieve hasta un arco de madera en medio de la nada. La canción se detuvo al final del camino. Una vez crucé el arco, la tormenta finalmente se detuvo. Cuando la niebla se disipó, reveló las pequeñas luces que iluminaban el pueblo. Esa fue la primera y única vez que visité Vorrhás.

En la entrada del pueblo me recibió una de las anfitrionas. Era un personaje peculiar, de maneras extrañas y con un acento desconocido. Vestía dos abrigos de colores exuberantes, pero eso no detraía la atención de su piel verde caña. Se introdujo como Melpo antes de que yo pudiera preguntar, y continuó hablando en rimas que me hacían muy poco sentido.

Me llevó a través de la avenida principal del pueblo, y aunque habló sin un solo respiro desde nuestro encuentro hasta el destino, mi atención estaba muy distraída por la vista como para escucharla. El pueblo era bastante pequeño, por lo que las luces de colores esparcidas a través de los techos y ventanas resaltaban con facilidad. Estaba poblado principalmente por tabernas y salones; en cada uno podía escuchar canciones y géneros diferentes. Era como si el pueblo hubiera sido levantado en el medio de esta nada solo para acoger a los invitados por esta ocasión. Vorrhás era un pueblo... particular. Las cosas que vi en ese lugar me abrieron los ojos de una manera única.

La anfitriona me llevó a una de las tabernas. Al parecer López me estaría esperando esa noche para cenar, así que la anfitriona me pidió que estuviera listo en unas cuantas horas.

Esa noche, una vez estaba abajo, vestido y refrescado, vi a la anfitriona entrar exactamente diez minutos antes de las ocho, lista para llevarme a la cena. Salimos y fuimos a uno de los salones más cercanos. Recuerdo claramente la banda de jazz que estaba tocando. Eran unos chicos de Brooklyn que no podían tener más de veinte años. Recuerdo el nombre del más vivaz de ellos. Era el trombonista. Tony. Tony Curtis.

Imaginarás la alegría de López cuando nos encontramos. —¡Tanto tiempo, mi querido nómada! ¿Dónde habías estado durante todos estos meses?

Con una sonrisa avergonzada, lo abracé devuelta. Empezamos a conversar y contar historias. Le conté donde había estado, los viaje que había hecho, los lugares que había visitado y sobre la música en la que había estado trabajando. Esa primera noche fue que me contó sobre todo. Al parecer, este evento era una cumbre musical, que buscaba encontrar a músicos de todos los continentes, y la mayor variedad de países que se pudiese. Mujeres, hombres, jóvenes, viejos, altos, bajos, gordos, flacos, experimentados y novatos que tenían una pasión enorme. El propósito era conectar. Conectar y encontrar nuevos sonidos. Sonidos que hasta el día de hoy no sabría decirte si llegamos a encontrar. Cumplida esa meta o no, creo que todos volvimos cambiados.

A partir de esa noche, conocer fue fácil. Me hice amigo con facilidad de los chicos de la banda y les prometí que me uniría a ellos en el escenario la noche siguiente. López me tenía agendado para tocar en la mayoría de los salones durante los días que seguían, pero logré convencerlo igual de que me hiciera el espacio para unirme a los chicos.

Ahora, aquí es el punto de la historia donde decides creer todo lo que sigue o te convences de que los viajes me volvieron delirante. Verás, Vorrhás no era un pueblo cualquiera, y no dudo de que esa noche buscaron develarnos la naturaleza de ese lugar antes de que fuera muy tarde. Era un punto de cruce de mundos, que no solo nos daba la bienvenida a nosotros, sino a personajes extraños e inhumanos que a simple vista parecían como tú o yo. Recuerdo claramente escuchar con atención la flauta de una mujer alta de orejas puntiagudas, que ocultaba las plumas de sus alas blancas debajo de un chal oscuro. Recuerdo a uno de los compositores, que vestía siempre de traje y sombrero, y a quien le robé un vistazo de los cuernos que trataba de ocultar. Esa fue la noche en que noté que, así como mi anfitriona tenía la piel verde caña, sus colegas tenían la piel de otros colores pasteles, que las hacían parecer algún tipo de pintura surrealista cuando las veías paradas todas juntas. Era una cumbre que encontraba a la extrañeza con la música, y creo que ahí estaba su magia. Creo que, por años, siempre consideré que mi único hogar era la ruta. No sé si podría decirte exactamente eso qué significaba, pero Vorrhás se sentía así. Cada día fue un descubrimiento. Cada día era un mundo diferente. Y ese era el propósito. Era una celebración de la extrañeza, del anhelo por lo desconocido, de los sueños y de la belleza en la unicidad de lo raro, ya que eso es lo único que puedes ser cuando te vuelves un artista.

No sé a qué hora volví a casa esa primera noche. El cielo estaba despejado, excepto por algunas estrellas curiosas. Era escoltado a través del camino a casa por mi anfitriona, y a lo lejos vi a una de sus colegas, quien caminaba a la entrada del pueblo. En el arco de madera, así como yo había llegado hace unas cuantas horas, estaba ella.

La recuerdo poco abrigada y con una capucha oscura. Cargaba un pequeño bolso gris y el estuche de un violín. La anfitriona le hablaba de esa misma forma en la que me habían recibido a mí, con esos gestos extraños y voz graciosa. Aunque no podía ver su rostro completo debajo de su bufanda, estaba casi seguro que debajo de ella estaba riendo.

Las vi caminar detrás de nosotros, e hice mi mejor esfuerzo por desviar mi mirada. Continuamos a través del frío, hasta llegar a nuestra taberna, donde mi anfitriona se encargó de apresurarme a subir a mi habitación, bajo órdenes de López, quien había agendado mi primera presentación para la mañana siguiente.

Esa noche poco pude dormir. Podía sentir la adrenalina acumularse ante la posibilidad de lo que traerían los días por venir. Había estado con la mirada perdida en la nada; quizás habrán sido horas o solo unos minutos, pero en medio del silencio y del frio, el sonido de un violín me trajo de vuelta a la realidad. Podía oírse venir de una de las habitaciones cercanas. De haber estado en cualquier otro lugar, hubiese habido huéspedes quejándose en su puerta, pero en un lugar como este, el cantar de las cuerdas era la mejor manera de despedirse de la inauguración.

Sus notas viajaban con el tipo de gentileza que te calienta el alma. El violín cargaba un tipo de emoción que viaja entre la tristeza y la felicidad, donde la belleza de una, sirve como espejo de la otra. Había algo muy personal y único en esa balada. Recuerdo claramente la ventana, donde el cielo despejado parecía disfrutar del concierto también. Era como si esas estrellas curiosas la acompañaran, cantándole con sus destellos. Su música no podía llegar más allá de unas cuantas habitaciones a su alrededor, pero eso no estaba mal. Éramos su pequeño público, compuesto por cuartos durmientes y estrellas calladas, que la escuchábamos desahogar su alma en cada nota.

No sé por cuánto tiempo la habré escuchado. Hay días donde siento que quizás toco hasta el amanecer, y otros donde sospecho que la escuché hasta dormirme, y en mis sueños, mi inconsciente continuó el concierto. Fuese cual fuese el caso, sabía que la violinista tenía que ser la última invitada que vi llegar esa noche, y no fue hasta dos días después que la conocí.

Estaba en uno de los salones donde López me había agendado. Esa noche estaría tocando junto a un anciano. Si no me equivoco, era ruso. Poeta. Desde su llegada había experimentado sus poesías en las canciones de varios de los músicos. Había tenido el honor de tocar para él esa tarde, resultando en que me escogiera como su músico acompañante para su primera presentación en público esa noche.

Una vez todas las luces se apagaron, la luz cenital cayó sobre él, quien estaba tan lleno de seguridad y euforia contenida. Desde mi asiento lo podía ver aguantando la emoción, lo cual me concientizó del privilegio que me había otorgado para estar ahí, acompañándolo en su debut. Era un extraño calor que me conmovía al ver a otro soñador parado ahí.

Todo el salón desapareció cuando empezamos. Rasgueé con fuerza ese primer acorde, seguido por el jugueteo de mis dedos entre los trastes. En el pie que habíamos practicado esa tarde, el poeta se me unió. Era como un baile sonoro, entre mis cuerdas y sus versos, que contaban la fábula de un héroe que retó al sol. Seguía con cuidado a su poesía, transformando melódica y rítmicamente nuestra canción con cada estrofa. Todo terminó más rápido de lo que esperaba. Culminamos la canción en unísono, y fue seguida por unos segundos de silencio.

A pesar de la oscuridad, la luz del escenario me dejo verla entre la multitud. Lo que me llamaba la atención eran sus ojos. A pesar de la distancia, sus ojos brillaban en esa oscuridad de una manera tan profunda. Eran como dos estelas que brillaban en un cielo despejado. Esos haces de luz nos observaban con admiración, y pude sentir un escalofrío de nervios subirme desde los pies al darme cuenta de su atención.

El público estalló en aplausos, y así la perdí entre la gente. Dejé que una sonrisa me cubriera el rostro, pero estaba muy consciente de su mirada sobre mí, y fútilmente traté de pretender algún tipo de seguridad. Seguramente, todos los que me vieron parado en ese escenario notaron mis expresiones ridículas por los repentinos nervios.

Me acerqué al poeta. Sé que él trataba de contenerlo, pero era imposible evitar las lágrimas que se le acumulaban en los ojos. Ambos saludamos al público con nuestras sonrisas avergonzadas, y yo le di un abrazo de felicitación. Después de ese momento, el poeta se perdió entre sus admiradores.

López me recibió como siempre, con sus elogios tan particulares y charlas interminables. Como era tarde, ya no quedaban más presentaciones agendadas para el día, permitiéndome disfrutar el resto de la velada en el salón.

La verdad es que nunca me quedó muy claro qué es lo que hacía López. Lo había conocido hace unos cuantos años en uno de mis viajes y lo único que tenía seguro es que era un aficionado de la música, no tenía la idea más mínima siquiera de lo que era una escala musical, y contaba con más plata de la que alguna vez veré en mi vida. Era un tipo particular, pero desde entonces habíamos agarrado bastante confianza. Era por eso que no dudaba en hacerle caso y seguirlo en la gran parte de sus sugerencias e ideas disparatadas.

Esa noche en el salón hubo un baile y asistió la figura más importante de toda cumbre. La verdad es que nunca supe su verdadero nombre; creo que nadie lo supo. Todos solo se referían a él como el Señor Septiembre. Era un tipo alto, fornido y de porte elegante. Tenía el pelo dorado, peinado y cortado mejor que la realeza, y lucía una barba matemáticamente estilizada. La combinación de sus ojos azules y su sonrisa pícara era de esas que le robaban el aliento a cualquiera. Septiembre se hacía paso a través de la multitud, como si la poseyera. Y quizás, de alguna manera, ese era el caso.

Las malas lenguas decían que él había construido este pueblo por su cuenta, mientras que otras decían que esto solo era una porción mínima de una propiedad gigante que tenía en esta zona. Independientemente de cuanto fuera la extensión de su riqueza, lo importante de su presencia era su rol como organizador de todo esto.

Esa noche me enteré que nuestro anfitrión principal había estado escuchando y buscando músicos. Nos había estado estudiando y reclutando con cuidado. No era difícil ver la falsedad en el glamur de su presencia, por más sinceridad que lograba aparentar. No lo voy a negar. Esa noche yo estuve entre la multitud de los engañados por su carisma eléctrico. El tiempo me llevó a aprender lo contrario.

El resto de esa noche estuvo dedicada a complacer a Septiembre. Los artistas siguieron tocando y la gente siguió los bailes. No había alma en esa fiesta que no estuviera tratando de llamar su atención. La noche se consumió como un cigarrillo de esos que después de tres pitadas, se acaban cuando apenas estas empezando a disfrutarlos.

Un par de horas antes del amanecer, Septiembre regresó a su estancia privada, donde fue a acompañado por un grupo bastante selecto de hombres y mujeres de buenas apariencias y habilidades musicales envidiables. Mi anfitriona me había venido a buscar, con la eficacia inquebrantable de su reloj interno, pero después de tantos días juntos, había logrado encontrar como convencerla de que me dejara regresar por mi cuenta.

No podía haber más de tres personas en el salón cuando me decidí a acercarme al escenario. Aproveché aquella quietud para robar un momento frente al piano, sin ojos juzgantes sobre mí.

Pensaba en las estelas que me habían observado bajo la oscuridad en este mismo lugar pocas horas antes. Me dejé llevar por el silencio, pensando en sus ojos. Mi mano derecha acariciaba las teclas, explorando notas. Tocaba acordes sueltos, dejando que mi emoción hiciera lo suyo. Cuando encontré un do sostenido que me agradaba, empecé a tocar.

Esa era la magia de dejarme llevar. Fue como si la oscuridad se hubiera apoderado del salón. Descubría emociones en ese limbo, cuando en un breve silencio, las cuerdas de un violín tomaron ese pie para unirse en mi melodía. Giré como de salto. Creo que algún sentido oculto fue el que evitó que mis dedos dejaran las teclas. Ella estaba parada detrás de mí, con los ojos cerrados, continuando la canción. Sus ojos se entreabrieron por medio segundo, y aunque su boca no lo decía, en su mirada podía verla sonriendo. Le sonreí y continuamos la canción.

No sé por cuánto tiempo tocamos. La música, las notas, y cada una de nuestras armonías decía todo lo necesario. Sentí que tocaba desnudo, revelándome bajo los únicos cenitales de luz que nos iluminaban en esta oscuridad infinita. Creo que esa noche la descubrí a ella, como nunca había descubierto a nadie más, así como ella me descubrió a mí. Una vez terminamos, fue como si el tiempo se hubiera reanudado después de una pausa eterna. Yo giré, y nos observamos como si nos conociéramos de toda la vida.

Ella empezó a reír. Los nervios me ganaron y perdí en vano varios segundos buscando qué decir.

—No muerdo —dijo ella, ante mi silencio prolongado. —Por lo menos, no a extraños.

—Solo me preguntaba en qué momento apareciste aquí —la respuesta vino sin pensarlo. Me percaté muy tarde del ridículo que debía estar pasando. A ella eso poco parecía importarle. Sospecho que le parecía gracioso.

—Quiero creer que fue en la mejor parte de la canción. Pero, ¿Quién sabe? Tú lo dirás.

Me levanté casi de salto. Como si saludáramos a un público, hice una reverencia respetuosa, y ella me imitó. Luego, extendí mi mano y la estrechó con delicadeza. Sus dedos eran suaves. Me sostenían con el agarre de alguien que conoce la formalidad. —Eso fue entretenido —agregó.

—De nada —contesté, tratando de vestir mi rostro con seguridad. Todos esos años en un escenario tenían que servirme de algo ahora.

Eso me ganó otra risa. Pocos momentos después, la línea de su mirada me hizo caer en cuenta que aún estaba estrechando su mano. Ya habían pasado varios segundos así. —Puedes soltarme cuando quieras. No me iré a ningún lado. No es como que tenga otro lado adonde estar.

Pude sentir la curva formándose en mis labios. Me dejé derrotar y finalmente sonreí.

—Mucho gusto. Yo soy Alphonse —dije, antes de soltarla.

—Selene —contestó, como si compartiera un secreto. —¿Qué dirías, Alphonse, de acompañarme a robar unas cuantas sobras del banquete de hoy? Tu canción me dejó hambrienta.

—Dirige el camino.

Selene me llevó a través de una de las tantas puertas secretas que había a los costados del salón. Recordaba haber visto únicamente a los sirvientes y meseros entrar y salir de ellas, así que la seguía con cuidado, mirando de aquí para allá, temeroso de que nos atraparan en un lugar que no debíamos. Selene, por otro lado, se paseaba por los pasillos sin una sola preocupación.

—No hay necesidad de tanta precaución —dijo al notarme mirar repetidamente de un lado a otro al entrar a los pasillos. —Todos están dormidos.

Pude sentir mi rostro completo sonrojarse, y agradecí que la oscuridad me ocultaba de alguna futura vergüenza.

Después de encontrar varias de las bandejas, llenamos unos cuantos platos con suficiente para ambos. Envolvimos nuestro botín y nos hicimos paso devuelta entre los pasillos hasta la salida y de ahí a nuestra taberna.

No había un alma en el vestíbulo, así que nos sentamos en una de las mesas vacías. Ella abrió los empaques y sin siquiera esperar a que hubiera regresado con los vasos de agua, empezó a comer.

—Empiezo a dudar de que no muerdas —comenté al sentarme frente a ella.

Ella reaccionó con una risa que se transformó en tos. Había estado tomando del agua que le había traído cuando se atoró con la misma mientras reía. La imagen era un completo desastre. —¡Muy bien! Ya estás empezando a bromear devuelta. Eso es una buena señal —comentó mientras se limpiaba el rostro. —Y solo dije que no mordía a extraños. Si seguimos así, tendrás que empezar a usar esos reflejos de precaución que usaste en los pasillos para cuidarte por alguna mordida.

—¿Y qué te trae aquí? —pregunté.

—Nada. Mis viajes siempre me llevan a muchos lados. Vorrhás simplemente parece ponerse en el medio todo el tiempo — contestó después de pensar su respuesta.

Quise saber qué significaba eso, pero temía estar traspasando mi limite, así que le terminé preguntando sobre qué le habían parecido los artistas de esa noche.

Los artistas nos llevaron a hablar de música, y la música sobre nuestros gustos. La conversación fluyó por su cuenta a partir de ese momento. La escuchaba hablar con atención, aunque por momentos me perdía estudiando su rostro. Mis ojos trazaban la línea de su cuello y sus mejillas. Se mantenían en el brillo de sus ojos por largos minutos, armando preguntas sobre su historia. Varias veces, me sorprendí moviendo mi mirada de algún lado de su rostro a otro, temiendo que notara como era fascinado por sus detalles.

Lo que más observé fueron sus labios. Seguía su contorno y por momentos, me pregunté lo que sería besarlos.

Conversamos por horas, hasta que llegó el amanecer y con eso, el despertar del resto del pueblo. Los meseros nos descubrieron inaugurando el lugar, pero nos prestaron poca atención, sospechando que solo habíamos despertado temprano para el desayuno. Poco a poco, los huéspedes empezaron a esparcirse entre las mesas.

Escucharla era resignar mi noción del tiempo. Para cuando me percaté de la hora, ya tenía que salir para encontrarme con López.

Durante los días que siguieron, cada vez que encontraba un espacio de ocio, nos encontrábamos de una forma u otra. Contábamos historias. Reíamos. Pero principalmente anticipábamos nuestro próximo dueto.

Selene poseía el tipo de belleza que podía inspirar la discografía completa de cualquier romántico. Sin embargo, su apariencia era solo un grano de arena en lo que envolvía todo su ser. Tenía un tipo de encanto innato que se filtraba a través de pequeños gestos. Te aseguro que en toda habitación que entraba, era la persona más astuta; tenía una facilidad envidiable con las palabras. Nunca dudé que era más lista que yo.

Su presencia tenía una fuerza magnética, aunque el tiempo me llevó a descubrir que esa era su forma de malearse en las formas que veía necesaria para crear las máscaras requeridas para esconder su fragilidad. Siempre fue una doncella envuelta en una túnica de misterio. Era un libro cerrado que te distraía lo suficiente con su portada como para abrirlo. Eso no lo aprendí de inmediato, ya que el tiempo fue lo que me llevó a poder leerla por momentos. El tiempo me llevó a ver como la incomodidad se filtraba a veces a través de la máscara de glamur que muchas veces tuvo que mantener. La vida la buscaba atar, y para sobrevivir, ella tuvo que ceder muchas veces, aunque no por complacencia de ella. Creo que, así como yo, Selene tenía el alma de una viajera. Quizás eso me llevó a ella.

Poco más de dos semanas después, se celebró uno de los bailes que Septiembre había organizado para conmemorar la clausura de la cumbre. Fui recibido por unas de las anfitrionas de piel colorida, quién me escoltó a una de las habitaciones privadas.

Me llevé una tremenda sorpresa cuando encontré al Señor Septiembre esperándome. Lo acompañaba López, uno de sus guardaespaldas y dos bailarinas de las que había visto durante los días anteriores. Quien se sentaba más cerca de él era un fénix. El plumaje que le cubría la mayor parte del cuerpo era un lienzo de tonos entre escarlata y carmesí, que rodeaban las plumas doradas que le decoraban el pecho. Tenía un pico largo y oscuro, eficaz para cazar. Sus ojos negros me seguían con mucho cuidado, como si buscara decidir si era alguien en que valía la pena confiar o no.

—Alphonse —Septiembre me sonrió. Al extender su mano, vi que me estaba recibiendo con un gran banquete de comida y una botella de whiskey. —¡Únetenos! Tu amigo acá me ha estado diciendo cosas excelentes sobre ti.

Me costó encontrar la voz, ya que era consciente de la importancia de tener su atención sobre mí. Mi imaginación se volvía loca tan solo con las probabilidades del giro que podía tomar mi vida si Septiembre se interesaba en volverse mi patrocinador. —Con gusto.

Después de eso, conversamos por casi una hora. Me admitió que su búsqueda había dado pocos frutos, pero que después de escucharme hace pocos días, estaba seguro de que yo era lo que necesitaba. Todo ocurrió tan rápido. Hacía solo un instante, yo era un rostro más entre la ola de invitados que Septiembre había recibido, y ahora, estaba siendo declarado su campeón musical.

—Te puedo asegurar que nada será igual de hoy en adelante. Hoy empiezas a vivir verdaderamente. Bajo mi patrocinio, tu rostro y tu música se esparcirán por todo el mundo. No tendrás que preocuparte por dinero. Mientras estés bajo mi protección, te puedo asegurar que nunca más tendrás algo por lo que preocuparte.

Él me había convencido con su lengua de plata. Cerramos el trato con un apretón de mano, seguido por mi firma en los contratos iniciales.

Una vez regresamos al baile, López saltó de emoción y procedió a invitarme múltiples botellas de fernet. Lo había visto callado durante gran parte del encuentro, haciendo un esfuerzo inhumano para contener su emoción. Ahora, todo eso había explotado y él estaba listo para darse rienda suelta a la celebración de clausura. Finalmente me encontré a Selene poco antes de la medianoche. Ella bailaba en medio del salón, contagiando con su sonrisa el panorama. Cuando me notó, observándola con timidez, brincó con el ritmo y me jaló del brazo para que me le uniese.

—Sígueme —murmuró una vez sus ojos se fijaron en los míos. Suavemente, me movía de un lado a otro, haciendo lo posible para que mis pies pudieran mantenerle el paso. El baile nunca había sido mi fuerte, pero estando ahí, sosteniendo su mano y su cintura, el olor de su cabello esparciéndose en el viento, con sus ojos en los míos, a medida que dejaba que ella y la música me llevaran, sospechaba que quizás esta vez no estuve tan mal.

Algo me decía que ella hubiera sido capaz de quedarse toda la noche en esa pista, pero ese no era mi caso. Unas cuantas canciones más tarde, me dejé derrotar y me dirigí a una de las salidas que llevaba a una pequeña terraza. En la misma, había unas cuantas mesas solitarias, con platos de comida sin terminar. La nieve se extendía en el horizonte hasta perderse de vista, mientras que las estrellas curiosas en el cielo despejado observaban la ocasión. Necesitaba un respiro de aire fresco, y Selene me siguió de cerca sin preguntar.

—Eso fue agotador —admití, sentando al borde de la baranda, después de que ambos dejamos que la paz nos consumiera por unos cuantos minutos.

—Qué aburrido —ella reposaba sus brazos a solo unos centímetros de mí. No sabía si era alguna de esas cualidades de este lugar mágico del que yo tan poco entendía o si era ella quien emanaba un calor que compensaba por este invierno único.

—Del buen agotador —corregí —Aunque no hablaba del baile. Ella giró.

—Todo esto. La falta de sueño no me había caído hasta ahora que terminó —expliqué.

—Es como un buen libro —contestó Selene. —De esos que te mueven por todo el espectro emocional, pero dejan adentro a su peso escondido. Y ese peso es como un último regalo que te consume todo tu ser una vez cierras esa última página. Como si el tiempo se hubiera detenido en ese éxtasis y el retorno a la realidad compensara tirándote devuelta en un solo instante todas esas emociones que no te encontraron en tu limbo secreto.

—Como esa noche cuando tocamos —me sorprendí a mí mismo contestando. Pude sentir la sangre pulsando en mi rostro, y quise creer que la oscuridad y el frio lo disimularían.

—Como esa noche cuando tocamos —respondió, con los ojos en el cielo, como si decirlo la llevara a otro lugar. —Tienes esa facilidad —ella me miró después de un momento. —Hacer que el tiempo pierda toda su cualidad.

No supe qué contestar, a lo que ella se rio. Pensé que quizás eso era respuesta suficiente.

—¿Y qué pasa ahora? —preguntó Selene. Cada vez que la recuerdo preguntando eso, me doy cuenta de que había tristeza escondida en sus palabras. En aquel momento mi percepción no había logrado captarlo, pero mirando para atrás, sospecho que esa era una pregunta que se había estado guardando hace rato.

—Si tú no sabes, ¿Qué te hace creer que yo sí? —le sonreí. Toda la situación con Septiembre había sido tan surreal que empezaba a sospechar que había sido un sueño. No quería hacerme ilusiones hasta que el tiempo me asegurara que era real.

Selene detuvo sus ojos en mi rostro. Su mirada era imposible de leer. Como siempre, sus ojos oscuros brillaban en la oscuridad, y estar del lado recibiente de su mirada, podía sentirla viendo dentro de mi ser.

—¿Hacia dónde irás ahora? —preguntó.

—No lo sé. Hay algunas propuestas que tengo rondando, pero no creo estar seguro aún.

Ella no agregó nada. Su falta de respuesta mi hizo suponer que su caso no era muy diferente.

—¿Y si vienes conmigo? —me armé de valor para proponerle.

Alzó la cabeza y me miró sorprendida, como si buscara descubrir si lo decía en serio o no. Era la primera vez que la veía observarme tratando de descifrarme, y supuse que esa era la mirada que ella siempre vio en mí. Había algo adorable en esos ojos despistados.

—Aún no tengo idea de a dónde iré, pero sería grandioso que vinieras, independientemente de a donde sea.

—Es una propuesta tentadora.

—Además, aún tenemos un dueto pendiente —agregué.

—No habría manera que me olvide de eso —ella regresó su mirada a las estrellas que parpadeaban alguna serenata. Quería pensar que lo hacían por ella. —Quiero hacer una canción sobre esto.

—¿Vorrhás?

—No. Este pueblo y yo ya hemos tenido suficiente el uno del otro —giró para mirar hacia la celebración. —La verdad es que no sé qué es el 'esto', pero siento que lo amerita. Es la primera vez que vengo aquí y lo vale.

—De nada —sonreí.

Ella se sonrojó. —¿Tú de qué lo harías?

—Quizás el "esto" no es algo que hay que saber. Quizás sentirlo es suficiente.

Podía ver su mirada expectante pero paciente por escuchar más.

—Capaz es porque hay algunas historias que lo que te dejan son eso: un recuerdo que se envuelve en una sensación.

—¿Y cuál es esa sensación?

—Ese limbo que tanto te gusta. Una mezcla de escape y pertenencia en un mundo secreto. Una sonrisa escondida debajo de la oscuridad. El silencio en el volar de las cuerdas. El jugueteo que haces con tu pelo suelto cuando nadie está viendo. Un par de estelas curiosas en el cielo desnudo. Pies descalzos e inquietos bailando a mi voz. Un tic nervioso en tus parpados. No sé. Creo que mis notas hablarían mejor que mis palabras.

—Esa habilidad poética no la tienes restringida a un pentagrama.

—No puedo ser el juez de eso.

—A veces escucharte me hace despertar sueños que había olvidado como revisitar.

—¿Tan aburrido te parezco?

—Solo a veces.

—...

—A veces soñar puede ser peligroso. Requiere valentía.

—Entonces debes haber vivido tu vida haciéndolo.

—No siempre he tenido el coraje. Ese salto en la oscuridad me ha frenado tantas veces. Esos sueños a veces vienen con un tipo de soledad que se restringe al alma.

—Es aterrador. Pero no creo que seríamos capaces de vivir de otra manera.

Habíamos permanecido en silencio por varios minutos.

Mi mirada sostenía la suya, cargando todo ese peso que se filtraba a través de la máscara; sus ojos y sus labios detenían la fragilidad con toda la fuerza del mundo. Sus brazos alrededor de mi torso me mantenían cerca, y podía sentir su palpitar nervioso. Podía sentir su respirar en mis labios. Sabía que no había palabras para asegurarle que estaría ahí por todo el tiempo necesario, así que permití que mis ojos hablaran por mí. La abrazaba gentilmente, sintiendo la piel fría y descubierta debajo de mis dedos.

Ella estaba acostada sobre mí, con los pies colgando del barandal. La besé y ella rio. Aún puedo sentir su sabor a canela como si el tiempo no hubiera pasado.

En ese instante, escuché pasos, y su llegada fue el golpe que destruyó el cristal que nos mantenía en nuestro mundo secreto. Ella saltó de golpe, alejándose de inmediato. Yo giré, para encontrar a mi anfitriona, detenida bajo el umbral de la salida, observándonos con sorpresa. Selene se puso pálida. Dio un paso hacia ella, con desesperación, pero la chica desapareció, corriendo de vuelta hacia la fiesta y perdiéndose entre la multitud.

Todo pasó muy rápido después de eso.

Ella me observó, incapaz de esconder el terror en sus ojos. Los demás aparecieron antes de que pudiera actuar. El primero de los hombres altos y de orejas puntiagudas me saludó con un golpe en la quijada, el cual fue seguido por las patadas de un segundo. Ambos me levantaron, abandonando cualquier tipo de preocupación porque mis pies pudieran mantener el paso.

Lo primero que me llamó la atención fue el silencio. Los guardaespaldas se hacían paso a través del salón ahora iluminado, para tirarme en medio, frente a una de las mesas.

Septiembre me observaba mientras comía. Me miraba en el suelo, con un desdén venenoso, como si observara a algún insecto que había tenido el coraje de meterse en su casa. Una vez se agachó, lo primero que dijo me quedó marcado por siempre.

Lo recuerdo como si aún tuviera su aliento mentolado sobre la cara. —¿Sabes cuántos como tú la han vuelto parte de sus promesas vacías? Tengo que reconocer la valentía que debes cargar para apuntar al corazón de ella.

Lo miraba con dificultad. El dolor volvía difícil poder abrir los ojos completamente.

Septiembre no escondía la ofensa en sus palabras. —Después de nombrarte mi ganador. ¡Mi protegido! ¿Osas de escabullirte tras mis espaldas y cortejar a mi prometida?

Selene lo observaba detrás del grupo de anfitrionas coloridas. Ella había dejado caer la máscara de disimulo, revelando el odio que el ricachón le despertaba. —Esa decisión yo nunca la tomé — ella contestó, escupiéndole.

Él soltó una bofetada, que le dejó una pequeña herida en la mejilla. Sin embargo, sus ojos nunca la registraron. Septiembre ignoraba su presencia, delatando su poca consideración por la importancia que ella tuviese. Podía sentir la furia bulléndome en la garganta, pero uno de sus matones me sostuvo del brazo, presionándome contra el suelo, antes de que me pudiera levantar.

Septiembre paseaba su mirada entre el público y yo, que observaba el castigo con sus miradas congeladas y llenas de temor. Caminaba a mi alrededor, llevándose con una teatralidad envidiable. Podía visualizarlo en alguno de sus vestidores privados, ensayando los rostros. Su lengua de plata procedió a hacer un monólogo extendido, donde destruía mi imagen poco a poco. Viéndolo moverse a mi alrededor, con esa presencia tan imponente, vi a través de toda su vanidad.

Esto era un espectáculo más para él, y su verdadera furia venía de la vergüenza de haber perdido contra un subordinado tan insignificante como yo. Para él, su imagen lo era todo.

—Resolvamos esto, entonces —exclamé, harto de escucharlo. Poco entendía de su extraño interés por Selene, pero lo evidente era lo necesario: Septiembre era el rostro de lo que privaba a Selene de la libertad que ella tanto anhelaba alcanzar.

Sus ojos volvieron a mí, la furia creciendo ante mi osadía de interrumpirlo. Sin embargo, las miradas de toda la cumbre estaban sobre nosotros. Mantener la compostura y su imagen en la mejor luz era su prioridad. Mi presencia había puesto su honor en juego, y entender eso era mi única forma de sobrevivir. Septiembre hizo una seña sutil con las cejas, y el matón me dejó ir.

—Irrespetarle nunca fue mi propósito —anuncié al levantarme. —Mi falta de conocimiento sobre estas circunstancias no me excusan, pero, una decisión fue tomada. —Eso lo enojó aún más —¿Quién soy yo? —continué antes de que él pudiera —O inclusive... ¿quién es usted para tomar esa decisión por ella? No somos nadie para obligar a un corazón.

—No seas iluso.

—¿Y acaso el gran Señor Septiembre es tan poco encantador que debe obligar a una doncella a quererlo?

Con eso, casi pierde toda su compostura, pero en vez, lo trató de dejar pasar con una risa.

—Ahora, si mal no recuerdo, desde hace unas cuantas horas, yo estaba oficialmente bajo su protección. Los papeles fueron firmados y podría mostrárselo a cualquiera de los que lo cuestionen. Pero esa promesa fue rota hace solo un instante.

—Una paga justa.

—Pero deshonorable, de todas formas —contesté, esforzándome por encontrar el más mínimo detalle que pudiera jugar en mi favor. —La traición viene de ambos lados.

—¿Cómo tienes el coraje para ponernos...

—¡Lleguemos a un acuerdo como hombres! —lo interrumpí. —Arreglemos con un duelo.

Se detuvo por un segundo. Alzó la mirada complacido, tomando la carnada de manera magistral. —¿Y qué propones? Seguramente pensarás en algo que entretenga al resto de nuestro público.

—Durante todos estos días, usted ha sido el juez. Su mirada crítica ha caído sobre cada uno de nosotros. Pero asumo que muchos aquí les mata la curiosidad por escucharlo. Culminemos el fin de esta celebración con un duelo musical. Me parecería la manera más apropiada para defender nuestro honor ante un público de este calibre.

El público murmuraba en acuerdo, y Septiembre consideraba la propuesta con cuidado.

—¿Las condiciones? —exclamé antes de que pudiera perder la oportunidad. —Una canción de su elección para cada uno. Nuestro público será juez de quién es el vencedor. Si me llega a ganar, todos sabremos que su honor ha sido vengado y aceptaré entregarle mi cuerpo y alma, dispuesto a recibir el castigo que considere justo.

Él sonrió con malicia.

—Pero —agregué antes de que pudiera cortarme —en caso de yo ser victorioso, mi ofensa sería perdonada. Mis condiciones serían nuestra libertad. Se nos permitirá abandonar este pueblo bajo su bendición, y no volveré nunca, sabiendo que mi presencia solo le recordaría este deploraba evento. Y Selene... —Tienes la audacia de quitarme a...

—Como dije, esa no es una decisión que yo puedo tomar. —Volteé, y la observé. Busqué sus ojos, para encontrar el valor, y el lapso de ese latido me dio todo el coraje que requería. Ese segundo se llevó consigo toda otra emoción y ella sonrió solo para mí. Me sentía como el héroe de esa canción que toque con el poeta, que se sentía como una vida atrás, con la fuerza para cargar el mar y enfrentar al sol. —Lo único que pido es su libertad. Ella tendrá la libertad para decidir qué desea hacer.

El Señor Septiembre se tomó un largo momento en contestar. Los nervios se me arrastraban a través de la espina, aterrorizado por la espera. —De acuerdo —contestó finalmente. Estrechamos manos con firmeza, y aunque mi rostro no lo delató, él me apretó con suficiente fuerza para intimidarme. Luego, dio vuelta, girando la mirada hacia el techo. —¿Dante? —exclamó. No había terminado de pronunciar el nombre cuando el fénix se materializó de la nada, trayendo consigo un bolso negro con costuras doradas, que dejó caer para que él lo atrapase con solemnidad. Con un movimiento de su mano, la multitud se movió, dándole paso hacia el piano en una de las tarimas.

La audiencia se desplazaba con el evento, lo que resultó en que la masa de personas me obligara a acercarme al escenario, donde debía presenciar a mi contrincante y esperar por mi turno. Él se detuvo en el proscenio y las luces se apagaron, solo dejando el cenital sobre él, que brillaba reflejado en las solapas de su traje. Su pelo rubio y sus ojos claros resaltaban ante tal efecto, realzando esas cualidades envidiables de su físico. Era como si su cuerpo resplandeciera, con un halo que generaba una presencia casi inhumana.

—Las circunstancias que me llevan a la oportunidad de poder tocar para ustedes son una verdadera pena, pero no permitamos que esto detracte del placer de esta conmemoración. Me siento verdaderamente honrado de poder compartir para ustedes, así como ustedes lo hicieron para mí —él sonreía con elocuencia y serenidad. Sus gestos se vestían con una amabilidad y tranquilidad que me parecían inquietantes después de haber visto su naturaleza tan oscura. Hundió su mano en el bolso que el fénix le había entregado. De dentro, sacó un conjunto de partituras, las cuales observó por unos instantes. Se decidió por una, y la alzó. — Partiré de las notas de una de mis composiciones personales: *Amateratsu al Amanecer.*

Las notas saltaron de las páginas. El pentagrama se dibujó en el aire con llamas doradas. Todos leyeron esos compases, tomando una idea del esqueleto de la canción que Septiembre ahora planeaba tocar. El encantamiento se mantuvo flotando por espacio de medio minuto. Luego, tiró la partitura, apagando las llamas. Dio vuelta y se sentó frente al piano.

Empezó a tocar pocos segundos después de que el público le había concedido silencio. Escuché con atención esos primeros compases, incapaz de negar mi curiosidad por el calibre de su capacidad. Sus dedos volaban sobre las teclas con una fuerza imbatible. Los años no han diluido mi sorpresa y respeto por ese talento innato. Enamoró a la audiencia con su reproducción concisa de la partitura propuesta, pero una vez sus manos habían calentado lo suficiente, su canción explotó en una improvisación que transformaba la partitura original en algo más; había invocado una tormenta en el piano, donde los bajos relampagueaban con una potencia que reflejaba la de su intérprete. Cada escala, cada tiempo, cada nota se movía casi de forma milimétrica con el ritmo, como si su canción buscara dar una lección de a donde era que un verdadero pianista debía apuntar. Septiembre era un oponente digno. Su habilidad e intuición eran casi envidiables. Pero solo casi. Había una belleza superficial para los oídos, sin embargo, sabía que había un tipo de sentimiento que le faltaba. Y por más perfecta que fue su presentación, nunca llegó ahí.

Al terminar, fue recibido por gritos y aplausos. El salón entero lo celebraba, la mayoría ya tomándolo como el ganador indiscutible. Él se regocijaba con sus elogios, ahora parado en el borde, sonriendo.

Yo me acerqué, casi invisible para los ojos de nuestro público. Ninguno me vio detenerme junto a la misma partitura que Septiembre había tirado, donde la levanté, para estudiarla por un instante.

Cuando finalmente registraron mi presencia, yo esperaba junto a mi contrincante, con su partitura en mis manos. Vaya imagen la que debían haber estado presenciado, ¿no? Ese personaje, que encarnaba la belleza ideal manifestada en un hombre, parado junto a mí, un desalineado soñador con la cara llena de moretones.

El público se calló. La mirada de Septiembre caía sobre mí como con dagas. Verme le trajo de vuelta la furia, por lo que su semblante se transformó de la manera más sutil en que pudo contenerse. Se alejó, dándome la oportunidad para presentar mi defensa.

Tenía todas las miradas sobre mí. Recogí todo el valor que pude, y levanté la partitura. Podía escucharlo no muy lejos, soltando una risa entre dientes, seguro de su victoria. Suspiré y roté la partitura. Septiembre calló y los murmullos empezaron inmediatamente. Todos observaron la partitura al revés, y aunque no era fácil de leer, captaban mi significado. Me ahorré las palabras, la dejé a un lado y me dirigí al piano. Suspiré profundamente, haciendo todo lo posible por encontrar el limbo en la paz.

Estuve en silencio por lo que se sintió como una eternidad, y así, empecé. Mis dedos imitaron las primeras notas de *Amateratsu al Amanecer*, reviviendo la memoria de Septiembre. Solo les permití escuchar un puñado de compases antes de empezar con mi rendición. Empecé en el final, todos mis sentidos enfocados en usar el tema al revés para impresionarlos. Tomé la canción de Septiembre, y a través de mis variaciones, apunté a embellecerla. Mi improvisación transformaba la esencia de su composición, tomándola como propia. Los minutos me traían fuerza, que me llevaron a sentirme como un ser omnipotente, que transformaba sus tormentas. Porque, así como las aguas de su lluvia estaban cargadas de fuerza ensordecedora e incontrolable, las mías se habían vuelto como las de un rio, que reflejaban en ellas luz y paz, pero juntas vertían con fuerza imbatible al llegar a la cascada. Mis aguas eran maleables, cargando con ellas la gentileza de la quietud y la furia de mis olas. Tome la perfección teórica de Septiembre y la ensucie con la emoción cruda de mi imperfección.

Los años me llevaron a escuchar esta historia otra vez en los encuentros que tuve con muchos de los que presenciaron lo que ocurrió aquella noche. Todos concordaban que los había capturado en mi propio mundo. De ahí, cada uno me describía en la manera única que me habían percibido. Poseído. Inspirado. Una bestia rugiendo, solo llevada por su naturaleza. Mi música era mi magia, que había tocado a cada uno con su sinceridad.

Cuando terminé, el salón entero se mantuvo callado. Me tomó un momento recuperar el aliento para poder girar y verlos. Sus rostros me observaban, muchos boquiabiertos. La línea de mirada de muchos otros descansaba en mí, pero su consciencia aún no regresaba al lugar. Vi a Septiembre, detenido al costado del escenario, incapaz de reaccionar. No muy lejos, Selene me observaba, sus labios con una sonrisa y sus ojos cubiertos de lágrimas.

López fue quien nos salvó. Lo escuché desde uno de los costados, mientras subía al escenario. El sonido de sus aplausos fue lo que despertó al resto del salón. Los demás aplausos se unieron poco a poco, a medida que regresaban de los mundos secretos a los que los había enviado. La respuesta fue tomando fuerza, hasta que el salón se hundió en esos aplausos que relampagueaban, estremeciendo el lugar. —¡Qué manera de terminar la noche, con estos artistas tan dignos! —Se detuvo junto a mí, poniendo su brazo alrededor de mis hombros. —Salí de acá, pibe. Ya. — me susurro con disimulo.

Me escapé del escenario, aprovechando la oportunidad que López había tomado para dar un discurso elogiando ambas improvisaciones. El cenital caía en él, así que aproveche las sombras para escabullirme. La distracción me permitió hacerme paso sin llamar la atención, logrando acercarme lo suficiente a Selene para tomarla de la mano y traerla conmigo. Ella me siguió de cerca sin cuestionar. Sostenía mi mano con fuerza, sin la disposición de permitir que alguien la separara otra vez.

Logramos salir antes de que López terminara. Una vez fuera, corrimos sobre la nieve hacia la salida. Frente a nuestra taberna, vi detenido un carruaje rojo junto a dos caballos blancos. Mis cosas y las de Selene habían sido empacadas y guardadas adentro. Inmediatamente, reconocí esa mezcla de tonos y colores. Nunca supe en qué momento López había preparado todo, pero desde ese día le debo la vida.

Sabía que no podíamos tomarnos el lujo de retrasos, así que salté al asiento delantero, seguido por Selene. Tomé las riendas y los caballos partieron de inmediato. Cruzamos el pueblo en silencio, hasta cruzar el arco de madera que nos había dado la bienvenida el primer día. Recuerdo que nunca miramos atrás.

Una vez encaminados, me di cuenta que los caballos de López no requerían mi guía; parecían seguir una ruta solo visible para ellos. Esa noche nos mantuvimos callados casi hasta el amanecer. Viajamos en silencio a través de lo desconocido, guiados por los caballos de López, quienes parecían conocer el camino de vuelta. Ella se había dormido con su cabeza en mi hombro, y yo solo permití que su calor y el silencio me calmaran.

—Buenos días —le sonreí.

—Buenos días —bostezó. —¿Dónde estamos?

—Salimos del bosque hace una hora. Creo que estamos llegando a un pueblo. Me parece familiar este camino.

Ella no dijo más nada. Podía sentir su presión a mi lado, su palpitar incrementando a cada momento. —Gracias —cuando dijo eso, pude sentirla suspirar, a medida que un gran peso se le iba de encima.

—Era lo menos que podía hacer —le besé la frente. —Aunque, todavía tienes una decisión que tomar.

Me miró, confundida.

—Te traje conmigo porque de lo contrario dudaba que Septiembre te diera el chance de honrar el acuerdo. Ahora viene lo más aterrador. Ahora te toca decidir qué quieres hacer.

—¿Así que puedo decidir quedarme contigo o volver a él?

—Nadie dijo que esas fueran las únicas opciones. Por todo lo que sé, ahora puedes decidir hacer lo que quieras con quien quieras.

Ella mantuvo la mirada en la nada. Me soltó después de unos minutos, y su mirada regresó al cielo despejado. Sus ojos transmitían una paz de las que pocas veces uno encuentra en la vida. Cuando me notó observándola, descansó su mirada en mí, cubierta en esa capa de misterio que me privaba de leer lo que pensaba. Pero a pesar de eso, había algo que ya tenía por seguro.

—Podremos volvernos a ver algún día —le contesté a la duda que buscaba guardarse solo para ella.

—¿Y cuándo será eso?

—Tú eres la más astuta de los dos. Lo sabrás mejor que yo —admití.

—Nunca quise usarte. Necesito que lo sepas —agregó despúes de un minuto. Su preocupación era mayor que su esfuerzo por mantener la máscara. Podía sentir la culpa en sus palabras.

—Todo esto lo hice porque quise. Ahora te toca a ti. Sé libre.

Ella se mantuvo callada. —Aún tenemos un dueto pendiente —dijo ella, con la realización contagiando su voz de repentina alegría.

—Así que tengo la excusa perfecta para verte otra vez.

—Conmigo no necesitas una excusa.

—Te voy a extrañar —pensé en voz alta.

—Lo sé —ella sonrió, esforzándose por mantener esa vivacidad de la que me había enamorado. —Yo también — admitió. —Y eso me aterra.

—No tiene por qué. Puedo ser cómo las estrellas —contesté. —Siempre sospeché que su resplandor era su canto y no dudo de que cada noche, las estrellas están brillando para ti. Ahora, aunque haya amanecido, y no las puedas ver, siguen cantando. Cuando regrese la noche, siempre me podrás encontrar.

1952

Pasaron varios minutos de silencio antes de que Carmela regresara de este viaje místico en el cual Alphonse la había llevado. Levantó la mirada una vez se percató que ésta no era una pausa como las muchas que él había tenido que tomar por momentos; esta vez, Alphonse había terminado su historia y ahora se tomaba su momento para dejar diluir al sentimiento que le traía el recuerdo.

El relato le había dejado un extraño apretón en el pecho. Trataba de ubicar el sentimiento que le había quedado, pero su emoción viajaba entre la tristeza y la felicidad. Consideró que esta sensación agridulce era la única manera en que Alphonse podía compartir su historia, y quizás, de eso se trataba.

—¿La volviste a ver?

—Aún no —contestó, regresando en sí. Sus ojos cargaban un optimismo que parecía la cosa más pesada del mundo. —Después de eso, las ofertas de trabajo no cesaron. La historia de lo que pasó esa noche se esparció en solo días, así que me mantuve de aquí para allá desde entonces. Han sido buenos años. Compuse y grabé. Llegué a lugares en los que sólo había fantaseado y esparcí mi música como cualquier otro solo soñaría. Lo logré gracias a ella.

Carmela no supo cómo contestar. Había un anhelo secreto en sus palabras que ninguno de sus logros parecía llenar. De la misma manera, sabía que no había nada que pudiera decir para remediarlo.

—Te preocupas demasiado por mí —dijo él, notando su expresión.

—Es difícil evitarlo.

Él rio. —Sufrí, amé y viví. Eso es lo que cuenta —él usaba la máscara que Selene le enseñó tan bien. —Fueron buenos años.

Carmela se levantó y se acercó. Lo abrazó sin decir nada.

—Debería ir a dormir. Mañana tengo que continuar el viaje —comentó después de separarse.

—Puedes tomar tu vieja habitación —contestó ella, tomando los vasos que habían dejado vacíos.

—Gracias —contestó, dirigiéndose al fondo del bar, hacia una de las salidas. —Por cierto —se detuvo antes de salir —Te conozco lo suficiente para no forzarte a hablarlo, pero te conté esa historia por algo. Nunca es tarde para ser libres, viejita.

Ella no contestó. Solo se esforzó por devolverle una sonrisa.

Carmela volvió a su habitación casi veinte minutos más tarde. Había aprovechado la soledad para limpiar, pero principalmente para pensar. El silencio de su habitación no sirvió para ahogar los pensamientos. La luna llena era la única testigo de sus dudas secretas. Se vio repitiéndose esa historia de Alphonse en su cabeza una y otra vez, reflexionando respecto a tantas cosas.

Recordó a Ronald y esos años juntos. Recordaba su risa y sus discusiones. Pero esta noche, más que nada, podía recordar ese sueño que tenía de viajar. La enfermedad se había llevado a él y a ese sueño consigo y ahora a ella solo le quedaba el temor, el recuerdo y este lugar.

Viajó consigo misma en el pensamiento por tanto tiempo, que cuando escuchó el piano, no sabía si seguía despierta o lo escuchaba en sus sueños.

A pesar de no reconocer las notas del inicio de esa melodía, ella podía sentir algo familiar en lo que decían. Cantaban con un sentimiento agridulce los versos del recuerdo.

Carmela observaba en secreto hacía el salón, como una sombra más. Alphonse tocaba, llenando el bar vacío con la fuerza de sus emociones. Transformaba el tiempo bajo su placer, invocando al limbo de su propio mundo como una barrera que devoraba todo el lugar. Alphonse nunca registró a la anciana observándolo. Él viajaba en su propio mundo, transformando en una canción a ese sentimiento del que alguna vez habló con su amada.

En ese salón, no había una sola luz encendida, pero el lugar brillaba con más fuerza que cualquier otra noche. La luz de la luna se filtraba a través de las puertas y ventanas, contestando a su canción con una euforia mágica.

Carmela observó la escena por lo que se sintió como toda una vida. La luz y la canción le consumieron el alma. La elevaron más allá de este lugar, trayendo consigo imágenes de una doncella blanca, que brillaba con la fuerza de la luna llena, bailando sobre una nebulosa de estrellas y tocando su violín de cielo junto a su pianista de ensueño. Ella volaba sin límites.

La anciana nunca la vio entrar al local, pero pudo reconocer a la doncella de la luna junto a Alphonse, cumpliendo esa promesa que los años no habían dejado olvidar. Ella bailaba con sus pies ligeros, esparciendo por toda la región el canto de su alegría. Bailó la canción de su héroe hasta no poder más.

Alphonse nunca se detuvo, como si temiera que la canción se la llevara con ella una vez terminada. Descargó su alma en las notas, y ella se dejó consumir por ese abrazo. Selene se sentó junto a él, recostando su cabeza en su hombro, y se mantuvo allí, dispuesta a escucharlo hasta el final de los tiempos.

Cuando Carmela regresó a su cuerpo, consideró apropiado darles esa privacidad. Cerró la puerta detrás suyo y una vez en su cuarto, dejó que las ganas de soñar la llenaran por completo. Antes de volver a su cama, hizo una carta para Alan, otorgándole las responsabilidades como nuevo dueño del Panal. La dejó junto a su cama y se acostó, aún extasiada por la canción que seguía vibrando a través de cada madera del establecimiento.

La luna llena brillaba por la canción, y a su lado, la estrella más brillante parpadeaba en conjunto. Carmela sentía que el cielo entero quería cantar devuelta, y sonrió, porque este había sido el sueño más placentero que había tenido en años.

Se acostó con una gota de temor ante la probabilidad de lo desconocido. Descubrir un nuevo futuro le aterrorizaba. Sin embargo, sabía que no había apuro por decidirse. Aún tenía la mañana siguiente para soñar despierta. Esta noche podía entregarse a la magia del recuerdo y de la música. Carmela cerró los ojos, y dejó que la canción la llevará a otro viaje.

El Ciervo Blanco

El laberinto era casi tan viejo como las tierras que lo rodeaban. Sus túneles de hielo existían desde antes del nacimiento de las ciudades que cubrían la falda de la montaña. El laberinto había visto el ascenso y la caída de dinastías. Y a pesar de todo eso, sus pasillos se habían mantenido inmaculados por siglos; oculto de la mano del hombre y su avaricia. El laberinto era el hogar de las bestias.

Esa leyenda del laberinto de hielo y el invierno eterno que lo vestía se había pasado de generación en generación. Sin embargo, habían sido pocos los que alguna vez fueron lo suficientemente valientes como para buscar su entrada dentro de las minas de esa montaña. De esos pocos, no fue hasta ahora que solo dos habían sido exitosos.

Rupert y Brandon habían sido cazadores todas sus vidas. Cuando Rupert decidió que emprendería camino hacia la oscuridad de la montaña para encontrar al Ciervo Blanco de esas fábulas que su abuela alguna vez les contó, su hermano Brandon no dudó en acompañarlo. Ambos estaban seguros de que contaban con las habilidades para enfrentar a cualquier bestia que se cruzara en su camino. Ahora, incontables semanas después de haber finalmente encontrado el laberinto de hielo, ambos deambulaban a través de esta oscuridad perpetua.

Lo que sea que se escondiese debajo de las sombras en la profundidad y en el cielo era invisible para sus ojos; era imposible definir si la oscuridad del laberinto era cubierta por la piedra de la montaña o por nubes que eran igual de gruesas. Lo único que los salvaba de la oscuridad pura eran diminutos halos de luz esparcidos en la distancia, que regaban su luz iridiscente sobre los caminos de nieve.

Ese fue el primer día en el que Rupert sintió la extrañez. El viento silbaba con su respirar frio esas canciones de verano que él aún podía recordar. Canciones que seguramente en cualquier lugar fuera de ese laberinto, los pueblerinos coreaban. Ese mundo fuera del laberinto de hielo parecía tan desconocido ahora. Era como un recuerdo que el tiempo se llevaba, así como un sueño que uno trata de mantener después de despertar, pero se desvanece con la lucidez.

—El camino hacia el Este debería ser más seguro —Brandon rompió el silencio después de largas horas de estar sentados alrededor del fuego; el primero que habían logrado encender en días.

—Así sería si es que supiéramos hacia dónde es el Este — refutó Rupert. —Hay que enfocarse en lo que sabemos.

Pocos días después de su llegada, Brandon empezó a usar un pedazo de tela para trazar un mapa de su travesía. Desde entonces, había cuidado ese mapa como si su vida dependiera de eso. Brandon se había vuelto más insistente últimamente respecto a esto, lo cual molestaba a Rupert, ya que él, por su parte, dudaba que lo poco que podían ver era suficiente para confiar en su orientación.

La soledad acompañada por aquel frio había infectado su comportamiento con una volatilidad inestable; Rupert estaba convencido de que esta conversación iba a terminar en otra discusión, aunque Brandon se le adelantó a esa suposición. Cuando Rupert dio vuelta, encontró a su hermano dormido. Si es que en verdad estaba dormido era otra historia completamente diferente, pero con tal de detener esa conversación antes de que escalara en otra pelea sin sentido, Brandon habría cumplido su cometido.

Rupert amaba a su hermano por sobre todas las cosas, pero tenía que reconocer que su hermano era tan cabeza dura como era posible. Su tenacidad inquebrantable era su mejor y peor cualidad.

Esa noche envuelta en extrañeza siguió, y consigo, el deseo de dormir viajaba por todos lados, menos cerca de Rupert. Su mente divaga pensando en Brandon y en tantas cosas más, cuando la textura de esa tapa de tela lo trajo de vuelta a sí mismo. Su mano había encontrado el viejo libro dentro del único bolso que le quedaba. En la portada del libro, se podía leer sobre la tapa rota:

'LAS CUATRO CANCIONES SOBRE EL CAFE'

por Frogart

Las letras gastadas trajeron de golpe al recuerdo. En su mente todo seguía tan claro. Podía verla; su piel desnuda escondida bajo las sábanas, sonriéndole en la mañana en que le regaló ese libro. Podía aún escucharla decir algún comentario gracioso que prefería no recordar.

> *Para el cazador más torpe del reino.*
> *Porque la vida es más que arcos y flechas.*

Trató de evitarlo, pero la sonrisa de Katherine lo atormentaba. Algunas noches, soñaba con los recuerdos, mientras en otras, las pesadillas eran más fuertes. Sin importar cual fuese, la realidad era una: no pudo hacer nada para salvarla. El recuerdo de verla en su lecho con la piel pálida como piedra nunca fallaba en traerle lágrimas.

Los ojos de Rupert encontraron a su hermano. Rupert era incapaz de evadir la culpa que trataba de negar como suya; después de todo, Brandon fue el que se ofreció en acompañarlo en el viaje en busca del Ciervo Blanco. Toda su vida, Brandon había crecido admirando las hazañas de esos héroes de las historias que su abuela solía contarles. Soñaba con algún día ser el protagonista de alguna de esas leyendas. En una parte muy oscura de su ser, Rupert sentía que se había aprovechado de esa inocencia en su hermano. Había sido cegado por su deseo de tener a Katherine de vuelta, y ahora, esta obsesión les había llevado a su indefinida perdición.

Se decía que el ciervo vivía en La Fuente de Plata en el centro del laberinto. Y aquel que lo encontrase podía pedir cualquier deseo; inclusive traer de vuelta a la vida a quién había partido antes de tiempo.

La culpa lo agobiaba. No había podido salvar a Katherine por más que trató, y ahora, había hundido a su hermano en su propia perdición. Era como una maldición para quienes lo amasen. Tratando de apartar los pensamientos desagradables, Rupert regresó a las páginas del libro.

El primer cuento era un extraño relato sobre un tal Doctor Batracos. La fábula contaba el encuentro entre el epónimo personaje y un visitante que llegaba a las orillas de su estanque, predicando sobre un misterioso lugar al cual se refería como "el océano", pero que el Doctor encontraba muy extraño para ser verdad.

El segundo relato contaba la historia de una sabia anciana. Según Frogart, la anciana iba por muchos nombres, pero con el tiempo, todos fueron olvidados. El narrador perdía casi cinco páginas hablando sobre los logros y travesías que la precedían, hasta que finalmente se decidió a contar la historia.

En la primavera de un año sin especificar, la anciana salió de su hogar en las montañas y visitó un pequeño pueblo. Durante su visita, lo único que hizo fue viajar por las rutas del pueblo, buscando algo.

Después de mucha insistencia, en el cuarto día la anciana admitió que estaba tratando de encontrar su aguja perdida. Con la fama que la precedía, los pueblerinos se apresuraron a asistirla, pero sus intentos fueron en vano. Todos hacían preguntas, pero ninguno hacía la correcta. Finalmente, fue el pequeño hijo del carpintero quién hizo la pregunta correcta: ¿dónde había perdido la aguja? Ella le contestó con una sonrisa y admitió que la aguja la había perdido en su casa en las montañas.

Ante la noticia, los pueblerinos cesaron la búsqueda en confusión. —*¿Y por qué está buscando la aguja en el camino de tierra, si la perdió en su casa?* —Le preguntaban.

—*Mi casa no tiene luz, y allí no puedo ver. El camino tiene luz y aquí sí puedo ver.* —Ella les admitió, como si fuera la cosa más lógica del mundo, antes de partir con las manos vacías. Desde ese día, la anciana perdió su credibilidad, y muchos pensaron que la edad finalmente la había alcanzado. Frogart cerraba el relato admitiendo que él sabía que ese no era el caso, pues él había sido el hijo del carpintero que había hecho la pregunta correcta. Le tomó años de madurez poder entender que la anciana había sido la persona más lúcida de ese pueblo, porque a veces no buscar en el camino iluminado la aguja que se había perdido en casa podía ser la cosa más difícil del mundo.

Rupert cerró el libro después del segundo relato. Se mantuvo en silencio por un largo instante, sintiendo una sensación amarga de la lectura. Las palabras se repetían en su cabeza. Rio para sí mismo, imaginándose a Katherine escoger esta colección de fábulas para niños como la lectura más adecuada para él.

Reconociendo que se había dejado distraer por suficiente, Rupert guardó el libro e imitó a su hermano. Se dejó consumir por el subconsciente, listo para ver a la sonrisa de Katherine en sus sueños.

A la mañana siguiente, Rupert despertó con el olor del desayuno.

—Finalmente devuelta al mundo de los vivos —dijo Brandon con una sonrisa al verlo despertar, mientras cocinaba lo que quedaba de la caza del día anterior.

Esa mañana hablaron poco. Una vez la comida estaba lista, comieron en silencio y partieron al terminar.

—La fogata fue agradable —comentó Brandon después de unas cuantas horas. Era envuelto por su incrédulo optimismo.

Rupert sospechaba que su hermano trataba de aliviar la atmósfera después de la cercanía que tuvieron con otra pelea durante la noche anterior. Consideró contestar, pero se ahorró decir algo inapropiado.

—¿Qué crees que pase cuando lo encontremos? —insistió Brandon. —Tal vez el Ciervo nos guiará a casa si lo encontramos —agregó con esperanza que parecía inútil, como para confortarse a sí mismo.

—¿Vas a desperdiciar tu deseo en eso? —preguntó Rupert.

—¿Y de qué me serviría otra cosa si no logro salir de aquí? —sugirió, con un tono de obviedad.

En ese instante, el sonido de un paso los detuvo a ambos. Sus miradas empezaron a correr de un lado a otro, estudiando la nada. Rupert podía sentir sus músculos tensándose, mientras sus latidos resonaban más fuertes en la planta de sus pies.

Se oyeron tres pasos más. No estaban solos, y eran incapaces de deducir el tamaño de su compañía. Un sonido sibilante se escuchaba sobre ellos, advirtiéndoles del depredador que se escondía entre las sombras, haciéndose paso sobre los muros del laberinto. Brandon dio un paso atrás, pero Rupert lo detuvo antes de que pudiera hacer algo más; estaban en peligro y era necesario actuar con prudencia. Su mano sostenía el mango de su cuchilla, listo para actuar.

Evitando hacer cualquier movimiento que pudiera llamar la atención, Rupert jaló suavemente de la manga a Brandon, a medida que movía sus ojos tratando de señalarle hacia uno de los muros de hielo. Dos pares de ojos amarillos los observaban desde no muy lejos, inmóviles y pacientes. Sería solo una cuestión de tiempo hasta que encontraran el momento adecuado para atacarlos. Ambos sabían que mantenerse inmóviles era suicidio.

Con el rugido que sonó a través del laberinto, Brandon y Rupert se impulsaron hacia la profundidad de los túneles. No se dieron oportunidad para hesitar la ruta. Los hermanos corrieron como nunca lo habían hecho antes.

Brandon era un poco más rápido, y corría liderando el camino. Anticipaba los pasillos y los giros, recordando sus apuntes. Los rugidos y pasos veloces que resonaban detrás de ellos no eran el mejor aporte para su concentración, pero Brandon hacía lo posible.

—¡Me estoy quedando sin una ruta conocida! —exclamó después de varios giros más.

—¡Sigue tu intuición, entonces! —contestó Rupert. Podía ver a su hermano mantener el paso, aunque ahora en sus ojos era evidente la indecisión. Estudiaba los pasillos que pasaban, contemplando en cada uno la opción de entrar o no. Rupert podía sentir el temor que bullía dentro de sí. Una vez notó que los pasos detrás de ellos se volvían más fuertes, se adelantó a una decisión, y giró a la derecha en uno de los pasillos, jalando a su hermano detrás de él.

Después de largos minutos, finalmente lograron escapar. Ambos suspiraron de alivio al darse cuenta que el silencio los acompañaba nuevamente. Después de detenerse, se percataron de dónde estaban.

Habían dejado la nieve y el frío atrás. El césped de un verde vivaz se extendía sobre el suelo ante ellos. Los muros que los rodeaban ahora eran setos verdes y amarillos. La luz del sol se filtraba sobre ellos a través de las hojas. Rupert se dejó consumir por la imagen por un espacio de segundos, antes de permitir que una sonrisa le cubriera el rostro. Podía sentir una brisa respirando a través de los pasillos, que le acariciaba las mejillas con una calidez que ya casi había olvidado. Brandon se perdió en contemplación, observando las flores y plantas que crecían a través del camino.

—Debemos estar cerca —Brandon afirmó.

Rupert continuó la ruta antes de siquiera contestar y Brandon lo siguió de cerca. Ambos caminaban en silencio, consumidos por el asombro y la emoción que traía el prospecto de un fin para esta travesía. Continuaron su camino a través del sendero, hasta que escucharon algo en la lejanía. Intercambiaron miradas y apresuraron el paso, sospechando reconocer aquel sonido indistinguible. Giraban a través de los pasillos del laberinto de seto, guiados por el chorreo.

Se detuvieron una vez llegaron a la orilla. Brandon cayó de rodillas, y sin pensarlo, se apresuró a sumergir las manos, limpiándose el rostro y tomando desesperadamente del agua fría. Los ojos de Rupert giraban de un lado y otro, observando aquel río que se extendía de ambos lados, sin un origen o un fin a la vista. Podía ver los muros de seto acompañar al río en paralelo, con pasillos entrando y saliendo a través de todo el camino. A Rupert lo consumía por dentro la probabilidad del éxito, y con eso, la posibilidad de recuperar a Katherine. Podía sentir el calor de su piel en la punta de los dedos.

—Deberíamos ir río abajo —sugirió Brandon, mojado desde la cabeza hasta el pecho.

Estudiando la orilla, Rupert notaba cómo el camino que iba río abajo se tornaba más oscuro y peligroso; algo en aquellas sombras le traía un mal sabor. Le recordaba demasiado al frío del cual recién lograban escapar. Sin embargo, hacia el lado opuesto, el seto y la luz que finalmente habían descubierto se extendían sin fin en el horizonte.

—Debemos ir río arriba —contestó.

—Este río desciende hacia el este, que es donde hemos estado tratando de llegar todo este tiempo —señaló Brandon. —Tal vez este río conduce a la fuente donde el ciervo nos espera.

—Aquel camino nos llevará directo al invierno debajo de la montaña —objetó Rupert, temiendo por lo que estaba oculto en aquel camino, y haciendo caso omiso a la lógica que presentaba su hermano. —De ahí es de donde estamos tratando de escapar.

—Tampoco soy fanático de la montaña, pero seamos lógicos. Caminar río arriba nos llevará más lejos de casa —comentó Brandon.

—Entonces, separémonos —sugirió Rupert. — Yo iré por el camino río arriba, y tu irás por el camino río abajo. Dentro de cuatro horas, nos encontraremos de nuevo en este punto, y así compartimos lo que encontramos.

Brandon dudó por un momento, pero despés de considerarlo accedió. —Mantengámonos siempre a la orilla del río. No queremos perdernos.

Rupert asintió.

Ambos se miraron en silencio por un largo instante. Brandon suspiró profundamente, y sin más tiempo que perder, dio vuelta.

—Brandon —Rupert lo detuvo antes de que pudiera ir muy lejos. Le sonrió y lo abrazó. —Cuídate. —Tú también.

Después de casi una hora de camino, Brandon se percató que su hermano había tenido razón. Una vez se había alejado lo suficiente, el seto se iba marchitando, a medida que se transformaba devuelta en los muros de hielo. Sin embargo, Brandon era terco y temerario. El río seguía a través del frío, y él sospechaba que algo tenía que develar al final de este camino.

El laberinto podía ser engañoso bajo una oscuridad como esta, pero de eso se trataba el camino que Brandon había tomado. Y cuando creyó haber perdido la esperanza, Brandon se dio cuenta que esa intuición que le inquietó durante todo el camino lo estaba recompensando. Al final de aquel camino engañoso, encontró una fuente de plata con aguas color zafiro. Bebiendo de ellas, Brandon lo vio; un ciervo de pelaje blanco, que brillaba como la luna llena, con grandes cornamentas de plata.

Ante el hallazgo, Brandon se quedó mudo. Como esos héroes sabios y valientes de las fábulas con las que él había crecido, Brandon había sido victorioso. Y ahora, sabía que podría contar su historia entre la de ellos. Como recompensa, fue llevado a casa por el Ciervo Blanco.

Brandon fue acogido con cantos y bailes ante su retorno. Fue amado y alabado por muchos. Ahora las canciones cuentan la historia del muchacho que encontró al Ciervo Blanco. No tomó mucho tiempo para que fuera nombrado rey —el pueblo lo amaba como no habían amado a nadie más. Él era justo, sabio y generoso. Y como muchos predijeron, la felicidad fue abundante durante los años que siguieron. Fue a partir de ese día que él fue recordado por todos los habitantes de su tierra. Él fue el mejor rey que alguna vez tuvieron.

Devuelta en el laberinto de setos, el destino había escrito el otro lado de la moneda con esa ironía que le encanta. Aquellas hojas acariciaban el rostro de Rupert. Los caminos a través de los setos y plantas en estos lados del laberinto eran tan familiares, pero a la misma vez tan desconocidos. Ninguna de las rutas que seguía parecía ser la correcta; todo parecía tan igual y tan diferente al mismo tiempo.

Tal vez separarse fue insensato, pensó Rupert.

Ya él había vagado por muchos días este solitario laberinto, y en lo único que podía pensar era en su hermano que esperaba encontrarlo.

Lo que Rupert no sabía era que Brandon volvió muchas veces a ese punto donde prometieron encontrarse, pero el sobreviviente nunca encontró a su hermano perdido.

En un día despejado de ese verano eterno, un cazador que terminó siendo un cobarde que le temía a la oscuridad, se perdió en aquel laberinto engañoso para no volver a ser encontrado. Aquellas brisas y luces habían sido la carnada perfecta para engañarlo y llevarlo a su perdición. El deseo insaciable no le permitió escuchar a la razón.

Rupert sabía en lo profundo cuál era su realidad, a pesar de que trataba de negarlo. Él había deambulado por mucho tiempo, y en el momento que se topó con una roca que ya había visto días atrás, él se percató que todo ese tiempo había estado caminando en círculos.

—Creo que me puedo acostumbrar a este laberinto —se dijo a sí mismo.

Y con una carcajada irónica, podía imaginarse a Katherine, riéndose porque ni siquiera había podido aprender la lección de un simple cuento para niños. Él había entendido que estaba perdido, pues nunca aprendió a no buscar en la carretera iluminada la aguja que se había perdido en casa.

La Invitación

Cuando desperté, lo más difícil fue salir de la cama. Aún era temprano y aunque me sentía tentada de posponer los planes para el día siguiente, sabía que no podía seguir haciéndolo. Hundida en esa nube de colchas y almohadas, ya era una parte más de la cama. Pasaría el resto del día con ventanas cerradas, mientras era consumida por la culpa y observada por la oscuridad, tan juzgante como siempre. Ese era un escenario que no quería repetir.

Tomé un café negro mientras me preparaba el desayuno. Lavé los platos después de comer. Consideré limpiar el resto del apartamento, pero las ganas me esquivaron. Apagué todas las luces, tomé mi mochila y salí, evitando ver mi cama desarreglada.

Alcé la mano cuando vi el primer taxi y me monté de inmediato.

En la estación, hice la fila mientras mi mente divagaba. Fue un instinto latente el que se despertó después de un minuto y me llevó a sacar mis auriculares, para reproducir alguna de las listas que Andrés siempre me compartía. Como siempre, la música ahogaba mis pensamientos. Poco después, llegué a la caja. Sin prestarle mucha atención a la vendedora, solo le pedí un tiquete a la estación más lejana. Lo que haría allá era un problema para la Michelle del futuro.

Esperé al tren por solo dos canciones antes de que nos dejara abordar, y por una más hasta que partió. Me llamó la atención la falta de pasajeros. Sabía que la falta de presencia significaba que tenía garantizado una fila entera para mí. Era una buena manera de iniciar el viaje.

Recosté la cabeza contra la ventana, y aunque lo intenté, ya había dormido demasiado como para dormirme otra vez. Me dejé llevar por la música que me llevaba a un plano mental donde mi imaginación bailaba como con los zapatos de ballet que no tocaba desde hace casi diez años. El panorama de la ciudad continuó por ocho canciones, o un poco más, pero era difícil saberlo.

En las afueras de la ciudad, el sonido me trajo de vuelta a mi asiento. Una mujer se encontraba parada ante mí, tratando de guardar su maleta en uno de los compartimientos superiores. La miré, deseando que se sentara del otro lado del pasillo. Sin embargo, el universo decidió pagarme con ironía, y ella se sentó frente a mí.

La miraba de reojo, evitando llamar la atención. Lo primero que note fue su cabello ondulado que era de un rojo vivaz como nunca había visto. Parte de su cabello lo tenía recogido, y solo un pequeño mechón le caía sobre la cara. No podía ser mucho mayor que yo. Vestía un abrigo rojo que tapaba su camisa blanca. Sus ojos de un azul claro que parecía casi gris, estaban fijos en la nada, sostenidos por el divagar de su mente. Así como yo, ella tampoco estaba en ese vagón.

Fue unas cuantas canciones después que me dio hambre. Saque un emparedado que traía en mi mochila, y el regreso de mi propio mundo me llevó a quitarme uno de los auriculares para poder escuchar por cual estación íbamos.

—¿Es eso *See I'm Smiling?* —Mi vecina, señalando al auricular que me colgaba del cuello, me distrajo antes de que pudiera oír a la anunciante.

—Si —sonreí, complacida de que por lo menos quien me había quitado la exclusividad de mi fila tenía una noción musical de mi agrado.

No dijo nada y solo sonrió, como si la respuesta la hubiera hecho recordar algo. Regresó la mirada al auricular, donde ambas escuchábamos la canción.

—Le he agarrado un agrado agridulce a ese musical.

La miré extrañada.

—Me hace recordar cosas que preferiría no —contestó.

—Ese tipo de conexiones son las que nos hacen dejar esas canciones repitiéndose sin fin.

Ella rio. —Exactamente —Nos mantuvimos calladas hasta que terminó la canción. —Helena, por cierto —se presentó, extendiéndome la mano.

—Michelle.

—Pues me agradan tus gustos, Michelle. No traje nada para escuchar así que lo poco que logré disfrutar de lo tuyo ayudó.

—No hay de qué.

Helena no contestó, distraída escuchando la siguiente canción que había empezado. —¿Y también estás escapando? —Me preguntó después de una tercera canción.

Alcé la mirada, mi máscara de confianza derrumbándose. Balbuceé por un segundo, tratando de desviar la pregunta.

—Disculpa. La mochila con lo esencial. Esa mirada perdida. Esa lista de reproducción tan agridulce. No sé, creo que toma a una para conocer a otra.

Suspiré después de un momento cuando la entendí. No contesté de inmediato. —Todos estamos escapando en alguna forma u otra.

—Puede ser.

—¿Y de qué estás escapando? —pregunté.

Se mantuvo impasible por unos segundos y pensé que quizás no me había escuchado. Me tomó un rato darme cuenta que la pregunta la había sumergido en pensamiento. —Estoy tratando de seguir adelante —La respuesta me sorprendió. —Estuve tratando de mantener la sonrisa equivocadamente por mucho tiempo.

Quise contestar, pero no sabía qué. Durante esos segundos, el nerviosismo por el silencio me incomodó. Helena no pareció darse cuenta. —¿Un chico? —agregué.

Helena alzó la mirada y sonrió. —Uno de esos que vienen pocas veces en la vida.

—¿Por qué huir entonces?

—Porque no todo lo bueno tiene que ser para siempre. A veces las cosas vienen en el momento que tu vida lo necesita. Son como extraños que conoces en un tren y que por unas cuantas estaciones te hacen buena compañía y ponen buena música, pero eventualmente se bajan y el viaje sigue. Y eso no está mal.

Ambas nos mantuvimos en silencio después de eso. *El Sol No Regresa* sonaba en mi auricular, transformando la atmósfera con el cambio de ritmo. Helena empezó a tararear la melodía. No supe cómo reaccionar. Traté de estar ahí, pero mi mente viajaba en otro lado.

La anunciante del tren sonó poco antes de que terminara la canción, avisando que estábamos por llegar a la próxima estación. Estábamos casi a mitad del camino. Sin embargo, en solo un parpadeo, cambie de opinión. Tomé mi mochila y me levanté de mi asiento. —Fue un placer —le dije a Helena después de que me dejara pasar.

—Suerte —me sonrió.

No contesté, y me di vuelta para salir del vagón apenas se abrieron las puertas. El sol del mediodía me dio la bienvenida cuando salí. Mi cabeza viajaba a cientos de kilómetros por hora. Ni siquiera me di cuenta cuando el tren continuó su viaje, finalizando cualquier chance de arrepentirme por la decisión.

La estación estaba vacía. Ya había dejado la ciudad atrás, y ahora, estaba en el medio de la nada. La estación era rodeada por llanos silenciosos, y una única ruta de tierra que se perdía a la vista.

Me senté y escuchaba la voz de Helena en mi cabeza. No supe en qué momento se transformó en la de Marcel. Era como escucharlo otra vez, y eso era exactamente lo que quería evitar.

Podía sentir en el pecho un apretón ante el recuerdo de esa molesta costumbre que él tenía para tener la razón. Las palabras de Helena fueron las que despertaron mi necesidad de salir y respirar.

El recuerdo de Marcel me distrajo por un buen rato. No sé por cuanto me mantuve consumida por mis propios pensamientos. Estaba asustada. Podía sentirlo en la garganta. Era incapaz de discernir si la valentía estaba en dejar todo atrás y seguir ese viaje sin destino o en volver y enfrentar la soledad. ¿A dónde iría? ¿Qué me quedaba para volver?

Cuando regrese a la razón, el tren ya estaba frente a mí. La puerta estaba abierta y un hombre vestido elegantemente con un traje azul oscuro me observaba con curiosidad. Ambos nos mirábamos, expectantes.

—No te vamos a esperar todo el día —dijo.

Me levanté como por inercia y di un paso hacia al tren. Opté por aprovechar el viaje para alejarme de esta estación en el medio de la nada. Sabía que aún quedaba bastante camino para reconsiderar mi decisión.

El hombre me sonrió. La puerta se cerró detrás de nosotros y él extendió su mano hacia adentro, guiándome. Una sonrisa acogedora curveaba sus labios delgados. —Puedes sentarte donde quieras. Aunque no te detendré si es que decides pasear para conocer a los demás.

Fruncí el ceño confundida. Fue en el instante que me alejé del anfitrión que me percaté que este tren era bastante diferente al anterior. Había una elegancia antigua en su fachada. Los asientos eran mucho más espaciosos, lo cual volvía más evidente a la compañía. No eran muchos más de los que había en mi tren anterior, pero su presencia era mucho más notable.

Entre sus conversaciones y risas, nadie se percató de mi llegada. Podía escuchar una canción que no se perdía totalmente debajo del ruido. No la podía reconocer, pero algo sobre ella se sentía familiar. Estuve detenida, con la mirada perdida entre los pasajeros escuchando la melodía por espacio de unos minutos, hasta que regresé a mi conciencia. Avergonzada, caminé en silencio hasta que encontré un asiento vació.

La música me distrajo nuevamente cuando dejé que mi mirada regresara al camino que se extendía fuera de la ventana. No sé en qué momento fue que tomé mis auriculares y los guardé en la mochila, pero la música del vagón me agradaba lo suficiente como para hacerlo.

Nos detuvimos en otra estación en el medio de la nada casi una hora más tarde. El anfitrión le dio la bienvenida con su sonrisa infalible a dos hombres, haciendo un gesto con el sombrero que le cubría el cabello desordenado castaño. El primero de los pasajeros que noté era un hombre alto y corpulento como un vikingo, que vestía un viejo traje marrón, con una camisa y una corbata que no le combinaban. Su pelo rojizo estaba atado en una cola que no podía hacer mucho para controlar todos los mechones despeinados. Tenía una barba gruesa y descuidada. Noté que usaba un cinturón grueso, del que colgaba lo que parecía un pequeño martillo de plata. Saludó con un apretón de manos al anfitrión, sin prestarle mucha atención ya que su mirada parecía buscar entre los asientos a alguien más. Ni siquiera terminó de escuchar la bienvenida cuando se apresuró hacia uno de los grupos de pasajeros.

El otro hombre se quedó parado junto al anfitrión por un rato después de que las puertas cerraron. Era más pequeño y esbelto que el vikingo. Tenía la piel oscura y labios gruesos. Vestía un traje blanco que irradiaba un tipo de lujo que no estaba acostumbrada a ver. Se rio con el anfitrión, aunque algo sobre su presencia no me generaba mucha confianza. Conversaron por un poco más, hasta que se despidieron con un abrazo y él también procedió a buscar un puesto.

Seguí con la mirada al hombre del traje blanco, hasta que se sentó a conversar con dos pasajeros más. Quise levantarme, pero dudaba respecto a quién preguntarle. La atmosfera de familiaridad entre los pasajeros me parecía extraña, sintiendo como que era la única que no era parte del chiste. No podía ser la única extraña en ese tren.

—¿Preocupada? —el anfitrión se inclinaba de brazos cruzados sobre el asiento junto a mí, observando con su mirada amable.

—Pensativa —le corregí.

—Esas ventanas suelen hacer eso.

—La música también ayuda.

—Me alegro —contestó, como si fuera un cumplido. Su mirada volteó para mirar al resto de los pasajeros.

—¿Qué es esto? —me animé a preguntarle.

Su mirada regresó a mí. Me era difícil leer su rostro, ya que la pregunta no le había causado ni sorpresa ni preocupación. —¿Qué crees?

—Una reunión familiar en la que soy la única extraña.

Él se rio. —Me agrada tu ojo. Cerca, pero no.

—¿Entonces qué no estoy viendo aún?

—Que no eres una extraña aquí, eres una invitada.

—Pero, ¿por qué?

Un pequeño timbre empezó a sonar desde uno de los vagones, lo cual llamó su atención. Consideré seguirlo, pero en un breve instante ya lo había perdido de vista.

Sentada devuelta en la lejanía de mi puesto, consideré sus palabras.

¿Invitada? ¿Cómo podía ser una invitada en esta reunión? ¿Quién me había invitado? ¿Cuándo acepté tal invitación?

Una ola de temor que me consumió por completo. Miré a los demás invitados, los cuales no parecían haber notado mi presencia. Por un momento consideré que había sido secuestrada, pero el pensamiento me pareció muy ridículo. ¿Qué tipo de criminales usarían un tren para secuestrar a una veinteañera que no ganaba casi nada? ¿Y uno tan lujoso, en especial? La logística no funcionaba para tal cosa.

Mi mente divagaba por el tercer escenario descabellado respecto a lo que esos extraños querrían hacer con mis órganos cuando me percaté que un hombre se detuvo junto a mí.

—¿Te molesta? —me preguntó.

No sé por cuánto tiempo me habré mantenido callada. Me detuve en su rostro, muy impactada por su belleza. Sus ojos eran verde claro; puros y profundos como los bosques en el verano. Su piel clara se veía suave y lisa, sin un solo rastro de una barba. Cualquiera hubiera pensado que era la piel de un niño, si no hubiera sido por sus facciones que me decían que apenas debía estar llegando a sus treinta. Tenía el cabello dorado, peinado y cuidado con una elegancia que no podía evitar envidiar. A mí me hubiera tomado horas en una sesión muy costosa llegar a tener el cabello solo la mitad de bien. Era una imagen cómo esas de las que solo se leen o se fantasean, pero que nunca se llegan a ver en la vida real.

Cuando finalmente me percaté que lo había estado mirando demasiado, avergonzada negué con la cabeza.

—Disculpa —dijo de inmediato. Regresé a la ventana y lo escuché sentarse. —Ahora sí puedes mirar.

Lo dudé por un instante, pero una vez lo vi otra vez, supe que su rostro seguía siendo el mismo, aunque algo se sentía diferente. Su mirada ya no se sentía tan hipnotizante.

—A veces se me olvida —admitió con una sonrisa apologética.

Consideré preguntar, pero me costó encontrar qué. —¿Tuviste que escapar? —pregunté después de un rato, señalando con la cabeza hacia el resto de los invitados.

—A veces pueden ser agotadores —admitió.

—A veces hay que alejarse para escuchar la música —agregué, teniendo presente la melodía que resonaba a través de la reunión.

La respuesta pareció sorprenderle. No contestó de inmediato, y me miró con curiosidad. —Creo que ninguno de ellos la notó aún.

—Es una lástima.

—Dímelo a mí. A veces me hacen cuestionar el esfuerzo de escoger una buena selección.

—¿Tú la armaste? —dije, sorprendida.

—Por supuesto —admitió con orgullo. —Es mi selección favorita. No es siempre que un Primordial te invita a una de estas reuniones, así que tenía que lucirme.

—Pues, felicidades. Yo creo que hasta ahora ha sido mi aspecto favorito de este lugar.

Sonrió sutilmente. —¿Quién hubiera pensado que alguien como tu tendría mejores gustos que todos ellos? ¿Cómo te llamas?

—Michelle

—Un gusto, Michelle. Yo soy Apolo —dijo casualmente.

No dije nada de inmediato, pero solté una carcajada después de un momento. —¿Apolo?

—El mismo.

—¿El dios del sol?

—Eso es parte de la lista, pero sí —sonrió. —Aunque con alguien como tú, quizás hubiera esperado que me reconocieras por ser el de la música.

—Nunca fui una experta con ese tipo de datos. Ese era mi hermano.

—Bueno, los humanos no son perfectos.

—Ustedes tampoco.

Él rio.

—Entonces... ¿Esperas que crea que eres Apolo, el dios del sol, de la música y de quién sabe qué más? —pregunté.

Me miró detenidamente antes de contestar. —Así que tu sorpresa era genuina.

No supe como contestarle.

—¡Ese canalla no te dijo nada! Pues sí. Soy Apolo y soy un dios. Así como la mayoría de los demás invitados.

Con eso me quedé muda. Lo miraba desconfiada, tratando de entender el chiste. Mis ojos lo abandonaron y regresaron a los invitados.

—Por ahí está Baco, Amateratsu, Anansi, Tezcatlipoca, Zhurong —él agregó con una voz gentil y lenta. —No quiero perderte con la lista, pero con eso agarras una idea.

Mi mirada regresó a él y no contesté. No supe cómo. Me miraba con cuidado y sonrió amablemente, alzando su mano. El sopló suavemente, y de su boca salieron diminutas ráfagas de viento que se encontraban encima de la palma de su mano. Giraban bajo su control, como si bailaran al ritmo de la música que había escogido. Sus ráfagas parecían tejer en la nada, hasta que, en un parpadeo, se desvanecieron, dejando atrás un regalo: una pequeña lira de cristal. Él la sostenía en silencio, y después de un momento, me la ofreció. No sé en qué momento la tomé, pero cuando me percaté, la sostenía con manos temblorosas.

—¿Dioses? —me salió la palabra llena confusión después de un largo silencio. —Pero... ¿Por qué...? —Traté de seguir, pero me fallaban las palabras.

—¿Por qué estás aquí? Eres una invitada, por supuesto. Aunque, no debes ser la única...

Le devolví la lira y me levanté antes de que pudiera seguir.

Caminé hasta que encontré un baño. Entré y me miré en el espejo por varios minutos, esforzándome por tranquilizar mi respiración. Repetía los eventos de esta tarde en mi cabeza. Me lavé el rostro con agua fría, tratando de confirmar que esto no era un sueño. No quería creerlo, pero algo dentro de mí me hablaba. Desde el instante en que me subí a este vagón sentí que algo no estaba bien, y ahora, sus palabras habían sido una bofetada que me despertó para creerlo.

Nos detuvimos un rato después. Suspiré profundo, y después de secarme el rostro, salí. Detenida en el fondo del pasillo, ahora era tan fácil verlos. Su presencia emanaba una fuerza inhumana. Podía ver pequeñas llamas flotando sobre algunos, mientras que diminutas nubes y relámpagos rodeaban a otros. Algunos cambiaban su rostro con cada oración, así como había uno que tenía mil rostros. Entre los asientos pude ver a una mujer con la cabeza de un gato y no muy lejos, una ardilla blanca que invocaba pequeñas luces de colores para el deleite de un anciano barrigón. Todos conversaban, entre risas y comidas, con sus formas tan variadas y cambiantes.

El anfitrión estaba detenido junto a la puerta abierta, con sus ojos sumergidos en un libro azul que sostenía con la mano derecha. Me acerqué con cuidado, evitando llamar la atención. Algo respecto a su presencia me intrigaba. Este personaje misterioso, quien me secuestro a este mundo de magia y dioses. Con solo verlo, sabía que no podía ser mucho mayor que yo; quizás estaba en los años finales de sus veinte. No obstante, algo en sus ojos delataba algo más.

—¿Estaremos aquí por mucho? —le pregunté con una voz suave.

—Por un poco más, hasta que lleguen los invitados —el comentó. —Puedes salir, si lo necesitas —agregó, alzando la mirada. Sus ojos me observaron por un puñado de segundos, pero eso fue suficiente. Sé que lo podía ver. No me detuvo, y sin más, regresó a las páginas vacías de su libro.

Mi mirada giró hacia la estación. Estuve detenida bajo el umbral, absorbiendo la vista, y considerando que tal vez este sueño no estaba tan mal.

La estación estaba vacía. Era una pequeña choza de madera protegida por la sombra de un cerezo. Había flores como en un jardín sobre el suelo y el campo alrededor. Ya no había rastros del sol. Ahora una media luna dormía sobre el cielo estrellado. El mar de estrellas brillaba con una fuerza mágica.

Caminé sobre las flores con cuidado. Con una paz que pensaba olvidada, me detuve junto al árbol, y disfruté la brisa. Me llené de nostalgia, al recordar esos sueños de los que Marcel y yo tanto hablamos en algún momento. Lo recordaba en el patio de casa, con su guitarra, haciendo reír a mamá con alguno de sus chistes malos, mientras papá preparaba esos almuerzos de domingo. Recordaba las noches calladas, en las que solo nuestras voces bailaban. Las lágrimas vinieron sin aviso. Esta belleza era como abrir una ventana al pasado que trataba de olvidar.

—¡Michelle! —el anfitrión finalmente me llamó después de unos minutos.

Me limpié las lágrimas con la manga de mi camisa, y giré tratando de sostener una expresión de optimismo. Él esperaba junto a la puerta, mientras un sapo del tamaño de un hombre y con barba canosa pasaba frente a él. Me apresuré a la puerta, y sin más retrasos, el viaje continuó.

Una lechuza blanca paso junto a mí, y la vi cruzar a través de los vagones hasta perderse. Fue en ese instante que finalmente vi una mesa de comida en el siguiente vagón. La vista despertó a mi estómago, que rugió en protesta.

Caminé entre los dioses hacia el buffet, con mis ojos fijos en el último pedazo de pastel de queso que me esperaba en una de las torres de postres. Me serví de inmediato, y me llené la boca con la mezcla perfecta de una masa esponjosa y otra crujiente. Los sabores se mezclaron en mi boca y ese sentimiento me regreso a mi infancia por un instante, donde pude ver a Marcel, que me empujaba en el parque, mientras probábamos mis nuevos patines.

—Me ganaste —escuché una voz junto de mí, que me regresaba al presente. Giré y encontré a un hombre alto observando. Vestía completamente de negro, cubriendo su traje arrugado con un abrigo. Tenía la piel pálida, pelo corto oscuro, y una barba descuidada que no escondía sus canas. Me miraba con ojos negros y cansados.

Bajé la mirada y comprendí que hablaba del último pedazo de pastel. —Disculpa —le respondí de inmediato, apenada.

—Tranquila —me contestó. —Algo más debe haber por aquí.

Lo observe en silencio, mientras él observaba la torre de postres y las hileras de acompañamientos. —Toma —le dije después de un momento.

Me miró extrañado. —Pero...

—Con lo rico que estuve el primer bocado, no sé si podría sobrevivir otro —le trate de sonreír.

Me devolvió la sonrisa y lo tomó. —Gracias.

—¿Y quién eres? —le pregunté, impulsada por la curiosidad.

—Azrael —me contestó, entre bocados.

Lo miré sin contestar, incapaz de reconocer el nombre.

—Soy un ángel —Me sonrió.

Ante la aclaración, mi mayor sorpresa fue su aspecto, pero me contuve de comentarlo. —Nunca pensé que los ángeles fueran fanáticos del pastel.

—Soy de los pocos. Pero sí, la verdad es que este pastel es lo único que me entusiasma de estas reuniones.

—¿Son comunes?

—Para nada; regularmente los verías a la mayoría tratando de matarse entre ellos. Una ocasión así es la única forma de que se comporten.

—¿Y cuál es la ocasión?

Me miró por un segundo. Sonrió. —Un cumpleaños, Michelle.

Mi sorpresa al escuchar mi nombre solo duró un segundo. Ya me estaba empezando a acostumbrar. —Pero... ¿Cómo tiene un cumpleaños alguno de ustedes?

—Todos nacimos en algún momento. El concepto no funciona igual que para ustedes los mortales, pero es la manera más fácil de explicarlo.

—¿Y de quién es?

—Dejaré que la velada te revele esa parte.

Mi conversación con Azrael no progresó mucho después de eso, así que continué caminando a través del vagón de comida. Poco después, con la barriga finalmente complacida, regresé y me tiré en mi asiento. Miré entre los invitados por un momento, tratando de ubicar a Apolo, pero no tuve éxitos. Esperaba encontrarlo en algún momento para disculparme.

Cuando regresé la mirada a la ventana, encontré un nuevo paisaje. Ahora las vías del tren atravesaban la superficie del agua que se extendía hasta perderse de la vista. El cielo estrellado que descubrí en la última estación ahora se reflejaba sobre la superficie. Era como si el tren ahora viajara entre las estrellas.

—Esa no es una vista que encontraríamos en casa —escuché a la voz después de un rato.

Giré esperando encontrar a Apolo. Sin embargo, esta vez encontré a otro desconocido sentado junto a mí. Tenía cabello oscuro y despeinado, y vestía un traje viejo un poco desalineado. No le contesté de inmediato. Su presencia se sentía diferente a los demás. Sospecho que fue el olor a cigarrillo lo que hizo evidente la falta de esa presencia inhumana. Este hombre era como yo.

—Asumo por tu reacción que soy el primero en este tren que conoces —Me miró extrañado.

—Sí.

—Entonces es un gusto conocerte, querida mortal. Siempre es acogedor encontrar a uno de los nuestros en esta multitud.

—Pensé que era la única.

—Somos pocos —él aclaro.

—Soy Michelle —le extendí la mano, tratando de sonreír.

No respondió de inmediato, lo cual despertó un escalofrió a través de todo mi ser. Me arrepentí del rápido salto de confianza que estaba tomando, pero después de unos segundos, él estrechó su mano. —Leonardo.

Sonreí incómodamente, y ambos nos mantuvimos callados, hasta que regresé la mirada al mar de estrellas.

—Es como estar en el espacio. Es un simbolismo muy conveniente como para ignorar. Asumo que esa rima visual les debe venir con lo celestial.

Por su forma de hablar, parecía pensar en voz alta, por lo que sabía que Leonardo no esperaba una respuesta. Me mantuve callada, pensando por un instante en estos seres que nos habían dado la bienvenida en su espacio cósmico.

—Y si no eres una deidad, Michelle, ¿qué eres? —me preguntó poco después —Me refiero a: ¿qué haces cuando no estás cenando con el panteón egipcio? Allá en nuestro mundo.

Quise contestar, pero no encontré respuesta. En cualquier otra ocasión, hubiera respondido con alguna trivialidad para evadir el tema. Sin embargo, estando en este lugar ponía mi vida fuera de este tren en perspectiva. Probablemente no lo vería nunca más, pero eso no cambiaba el hecho de haberlo conocido aquí, en esta reunión. Era difícil esconderme de mi verdad. —No sé —admití después de medio minuto de silencio. —Voy a un trabajo ocho horas diarias todas las semanas en un lugar que no soporto y mi vida no va más allá que eso.

—Por tu tono asumo que ese no siempre fue el plan.

Esa respuesta dolió más de lo que debería. —En este punto, ya no sé si habrá un plan.

—¿Quieres saber un secreto? Nunca lo hay —algo en su mirada me hacía sospechar que esa respuesta venía de un lugar muy personal. Quizás era el momento que lo volvía más fácil; dos mortales en este mar de seres sobrenaturales. No era difícil empatizar con tanta facilidad.

El tren se detuvo nuevamente poco después de eso. Me levanté de inmediato, excusándome con Leonardo a medida que me acercaba a la puerta. El anfitrión esperaba en silencio, nuevamente con la mirada en su libro.

—No te demores —me dijo sin siquiera alzar la mirada de ese libro azul que combinaba de una manera tan extraña con su atuendo de conductor. Le sonreí devuelta, y aunque sus ojos no estaban en mí, sabía que la había recibido.

Me quité las zapatillas, dejándolas a un costado del pasillo, y alcé la basta de mis pantalones. Sumergí mis pies en el espejo líquido y empecé a caminar despacio sobre las aguas tibias. Podía sentir la arena cosquilleándome en la planta de los pies, y esa sensación me recordaba a papá.

Esta vez no había una estación, solo la vista infinita de las estrellas. Caminé en silencio, disfrutando la sensación; era como viajar en el tiempo. Me aseguraba de mirar para atrás de vez en cuando, para asegurarme de no alejarme mucho. Si el tren me llegaba a dejar aquí, quién sabe a qué pez espiritual tendría que pedirle direcciones para regresar a casa. Me detuve cuando me di cuenta que ya no debía alejarme más. Me agaché frente al agua y ahí mi reflejo me observaba, llena de tantas preguntas.

La última vez que llevamos a Marcel a la playa fue dos semanas antes de que pasara. Para entonces, los incontables meses de esfuerzo ya lo agobiaban. Ingenuamente me engañaba para no verlo, pero en el fondo sabía para lo que me tenía que preparar. Sus ojos ojerosos nunca dejaron de brillar cuando estábamos juntos. Solía recoger las únicas fuerzas que tenía para llenar a mamá de arena, a lo que ella pretendía enfurecerse como solía hacerlo cuando éramos más pequeños.

Nunca podré perdonarme por esa noche. Él había insistido en llevar la guitarra en el carro, ya que esperaba que yo me le uniera alrededor de la fogata. Todos sabíamos la intención oculta. Sabíamos que él quería cantar una última vez, y escucharme junto a él, pero yo era muy testaruda como para aceptarlo. Me reusé a acompañarlo, tratando de soñar con que la próxima vez que lo hiciera sería cuando superara su enfermedad.

Esa noche perdí mi oportunidad. Lo escuché cantar con su voz rasposa una de esas canciones de su adolescencia una última vez, pero nunca lo acompañé. Ese sueño partió con él.

—Aún nos tenemos a nosotras —recuerdo a mamá decirme esa noche. Ella veía el conflicto dentro de mi mejor que yo. Las mamás saben reconocer esas cosas. Esa noche, estando solas en mi habitación me sonrió mientras nos mirábamos al espejo, y me abrazó, como para que no olvidara esa imagen de nosotras en el reflejo.

Escuché un chapoteo no muy lejos y giré, temiendo que me había distraído demasiado. Me tomó un momento percatarme que tenía compañía. Un koi blanco paseaba alrededor de mí, haciéndose paso entre las estrellas. Se detuvo a observarme. Mantuve mi mirada fija en sus ojos y por un parpadeo, sospeché que eran humanos. Era como si me hablara. Le sonreí, y comprendiendo que ese era el llamado, me levanté. Caminé hacia el tren y él me acompañó de cerca.

Una vez adentro, el anfitrión cerró la puerta detrás de mí y el viaje continuó.

—No vi a los pasajeros de esta vez.

—Estabas muy concentrada en tu reflejo —me comentó.

La reunión continuaba de la misma forma en que lo había hecho durante todo este tiempo. Yo me mantuve al margen, recostada contra la pared en la entrada, observándolos junto al anfitrión. No fue hasta este momento que me percaté que, así como yo, él tampoco se sentía parte de esta multitud.

—¿Cuántos más faltan? —pregunté.

—Ya casi —contestó.

Yo lo observe en silencio por espacio de unos minutos. Me distraje en el pensamiento, hasta que regrese a mi conciencia cuando me percate que ahora me miraba devuelta, anuente de mi mirada perdida en él. Pude sentir mi cara enrojeciéndose y él se rió.

—Pueden llegar a ser un poco intimidantes —comentó. —Aunque por eso no deberías mantenerte al margen.

—Si finalmente me explicaras qué es todo esto, capaz sería más fácil.

—Es lo que ves.

—¿Y qué es lo que veo?

—Te dije que tienes un buen ojo. Confía en él.

Me mantuve callada, considerando la implicancia. —¿Por qué me invitaste?

—Yo no fui el que te invito —contestó con una sonrisa traviesa.

—Pero entonces... —Traté de responder, pero no supe cómo.

Se encogió de hombros y me dejó. Mi espacio de silencio le dio el bache que necesitaba para girar y hacerse paso hacia uno de los vagones delanteros. Lo observé alejarse, llena de duda.

Fue en ese instante que finalmente volví a ver a Apolo. Parecía terminar una conversación con un muchacho casi de su mismo porte, antes de girar hacia los asientos. Se sentó en una fila vacía no muy alejada, y aprovechando ese espacio, me apresuré a tomar el asiento junto a él.

—Discúlpame —dije.

Volteó su mirada hacia mí y sonrió al verme. —No hay qué disculpar. ¿Estás mejor?

—Sí —admití, aún un poco apenada, aunque no estaba segura si el sentimiento aun provenía de mi vergüenza por nuestro último encuentro o si era su aspecto tan intimidante.

—Espero que estés disfrutando mejor de la ocasión, entonces.
—Estoy tratando —admitirlo en alto se sintió extraño.

Él me sonrió con una mirada gentil. Después, alzó suavemente la palma de su mano, y de la nada, invocó nuevamente la lira de cristal que me había ofrecido anteriormente.

Yo la miré, y no la acepté de inmediato esta vez. —¿Por qué?

—Algo me dice que tu aprecio musical no viene solo de escucharla.

Sonreí, sintiendo un calor dentro del pecho. La tomé con cuidado, con los ojos prensados por cada detalle del esculpido hecho por su magia. —Siempre hablaba con mi hermano que algún día quería aprender a tocar una. —Alcé la mirada, para encontrar la de Apolo, que me observaba atento. —Había esta canción que nos encantaba. A veces la cantábamos. Usualmente yo en la voz, él en el piano. Pero siempre quedó como uno de esos deseos imposibles tocarla juntos una vez aprendiera esto.

Apolo no contestó, y me dejó suspirar en silencio. Hice lo posible por mantener la expresión en mi rostro ante el recuerdo. Él no necesitaba escuchar lo demás. Hace muchísimo tiempo que no recordaba la canción.

La última vez que la escuché fue *esa* noche. En aquel entonces pensábamos que sería nuestro salto al estrellato. La banda había estado de toque en toque por meses y nos sentíamos optimista. Marcel era nuestra piedra; el iluso soñador que hacía que esas ideas que teníamos de pequeños parecieran realidad.

Habíamos tenido una noche excelente. El público era de esos que aparecen una vez cada cien veces, coreando junto a mí y exclamando ante los solos. La noche ya casi había acabado y Marcel me sorprendió incluyendo esa canción en la lista. Nunca pude olvidar los primeros acordes de esa melodía. Con ese tono jocoso que nunca le fallaba y esa mirada despreocupada empezó a tocar, pero nunca llegó a la primera estrofa. Esa noche tuvo su primer incidente en el escenario. La multitud se quedó muda cuando lo vio caer. Ese fue el último día que canté.

No sé por cuanto estuve callada. Cuando vi a Apolo, seguía observándome con esa calidez, aunque podía ver una gota de lástima en sus ojos. —Quizás aún pueda aprender —le dije, tratando de aliviar el silencio.

—Nunca es tarde —me sonrió.

No dijimos nada después de eso. Nos mantuvimos callados por un largo instante, hasta que me percaté que su mirada encontró la ventana. No le dije nada, y consumida por una felicidad nostálgica, también regresé la mirada a la vista. Sabía que, así como yo, él dejaba que la paz de la imagen se transformara en un canvas dibujado por la música. Me recordó a Marcel y, por primera vez en mucho tiempo, eso no me dolió.

En algún momento de ese silencio musical, mis dedos encontraron las cuerdas de mi regalo. Las acariciaban llenos de curiosidad. Llevada por la música, en algún momento empecé a tocar notas sueltas. Experimentaba, tratando de encontrar compases en los que pudiera improvisar uno que otro acorde. Pude ver a Apolo sonreír cuando me escuchó.

La música nos hizo viajar por varios minutos, hasta que el tren entero se silenció ante la parada. Todas las miradas estaban en la puerta. Con esos gestos cordiales que había mantenido durante todo el viaje, el anfitrión abrió la puerta y con la sonrisa más sincera que le había visto en todo el día, dejó pasar a la última pasajera.

Era una chica joven. Su piel clara y lisa brillaba suavemente. Traía puesto un vestido que la envolvía en telas blancas, con pedazos celestes, rosa y caña, y mangas negras. Su largo pelo liso y negro flotaba al viento con delicadeza. Por su aspecto, no podía tener más de veinte años, sin embargo, su mirada llevaba una sabiduría que no había visto en ninguno en este tren. Era algo más antigua que todos ellos juntos. Era como la mirada de una madre.

—¿Por qué tan callados? —preguntó con una sonrisa, mientras miraba de un lado a otro.

Todos se reanimaron de inmediato. La mayoría se acercó, y estrechaban su mano con mucho respeto a medida que ella pasaba entre la multitud.

—¿Quién es ella? —le pregunté a Apolo, incapaz de quitar la mirada de la recién llegada.

—El motivo de la celebración —contestó. —Ella es Esperanza.

Regresé la mirada a la cumpleañera, consumida en preguntas. Esperanza sonreía con una expresión sincera, a medida que pasaba entre los invitados, saludándolos. Todos la trataban con el mayor respeto.

Cuando pasó junto a mí, de alguna extraña manera nuestros ojos se reconocieron. Era como si fuera una vieja amiga que no veía desde hace años. Ella continuó su camino a través del pasillo, hacia los vagones siguientes.

—Si me disculpas, tú no eres la única persona a la que tengo que darle un regalo hoy —Apolo dijo una vez la perdimos de vista. Se levantó y sin decir nada, lo dejé pasar. Él se apresuró hacia donde Esperanza se había dirigido, con cierta determinación en su mirada.

Pocos minutos después, el vagón en el que yo me encontraba quedó prácticamente vacío. Inclusive el anfitrión ya no estaba en su posición usual junto a la entrada. Aunque la repentina soledad no me sorprendía del todo, me intrigaba el movimiento de la celebración.

Me levanté despacio, inclinándome para poder observarlos. Los podía escuchar en uno de los vagones lejanos, más allá del banquete. Seguí las voces que provenían del pasillo iluminado suavemente por luces de colores.

El ruido me llevó hasta el último vagón. No me parecía entender la lógica de la espacialidad, pero creo que es de esperarse cuando viajas en un tren con este tipo de seres. Parecía un salón más grande de lo que físicamente debía poder caber ahí, decorado con esa elegancia que ya había visto en todo el tren.

Había varias mesas, cada una iluminada por velas con flamas de diferentes colores. Platos de comida flotaban de mesa en mesa. Me llamo la atención un pequeño escenario en el fondo, donde un único micrófono esperaba en la oscuridad.

Esperanza estaba sentada en una de las mesas junto al anfitrión, donde ambos conversaban. Ella comentaba y reía, mientras él contestaba con tranquilidad. Podía verlo tratar en vano de mantener su semblante, pero era incapaz de evitar ser contagiado por ella. Fue en ese momento que noté que eran interrumpidos cada cierto tiempo por algún invitado, que le presentaba a Esperanza algún regalo. En el espacio de minutos que estuve recostada contra la entrada observando, la vi recibir un ave con el cuerpo hecho de flores y ramas, un libro escarlata con páginas hechas de viento, un pequeño dragón de zafiro, una tortuga con un caparazón de fuego y un alfiler.

Entendí en ese momento lo que Apolo me había dicho hace un rato, ya que todos parecían hacer fila para hacerle honor a la celebrada. Una sensación de vergüenza surgió dentro de mí al no tener qué ofrecerle. Consideré que podía excusarme, ya que, en un principio, ni siquiera sabía que era una invitada en esta fiesta. Sin embargo, la excusa me duró poco. A pesar de mi reluctancia inicial, había disfrutado el viaje, la música, la vista y la extraña compañía, y sentía ganas de ofrecerle algún tipo de agradecimiento.

Entré en silencio, tranquilizándome con el sonido de la música de Apolo que seguía resonando en el fondo. Buscaba con la mirada a mi confiable acompañante, pero nuevamente, Apolo se había desaparecido.

Seguí caminando sin rumbo entre las mesas cuando me crucé con el anfitrión.

—Así que fue ella quién me invitó —le comenté.

—Te dije que tenías un buen ojo —admitió.

—Aunque eso no contesta aún mi duda principal.

—¿Y cuál sería esa?

—¿Por qué?

—Eso es algo que a ti te toca preguntar —él me levantó una ceja.

Me veía venir esa respuesta, pero tuve que tratar. Él parecía tener la intención de seguir su camino, pero aun consumida por el pensamiento de un regalo, lo tomé del brazo antes de que se alejara. —Espera —dije. No continúe hablando de inmediato, pero sospechaba tener una idea. Contemplé cuidadosamente la repercusión de la idea, pero sabía que era el momento de hacerlo. Él me miraba, expectante, y antes de que pudiera dudarlo, me decidí.

Mi presencia en esa reunión en ningún momento fue notoria. Estaba segura de que la mayoría de esos dioses y héroes de leyenda ni siquiera me reconocerían si alguien les preguntara por una chica cachetona, de lentes grandes y cabello desarreglado que había asistido ese día. Así que la idea de tener todos esos ojos en mí no era la cosa que más me agradaba en el mundo; en especial cuando ya había perdido la costumbre escénica. Pero después de robarle un vaso a uno de esos griegos fornidos y bajarme de un trago lo que sea que estaba tomando, me armé de valor para caminar hacia el escenario. Una vez me paré frente al micrófono, las velas de colores se suavizaron, prácticamente envolviendo al salón en oscuridad. Una luz cayó sobre mí. Me iluminaba con fuerza, y podía sentir el latido de mi corazón en la garganta.

Los ojos de todos los invitados descansaban en mí. La mayoría me miraba en confusión. Esperanza me observaba llena de curiosidad. Y no muy lejos, Apolo me observaba con orgullo, mientras cargaba un bolso de lana.

Suspiré y cerré los ojos. Casi que pude escuchar a Marcel en mi oído, con la cuenta regresiva que hacía siempre que ensayábamos.

Hice lo posible por invocar esa parte de mí que pensaba olvidada, y después de contar los cuatro tiempos, empecé.

Tarareé esas primeras notas, recordando en cada una pequeños momentos que se esparcían a través de toda mi vida.

Abrí los ojos, y sentí que el salón enteró se desvaneció. Algo dentro de mí despertó, y levanté la lira delicadamente, a medida que mis dedos empezaron a tocar. Cada cuerda vibraba en armonía con la melodía que tarareaba, y justo antes de ese primer verso, el mundo entero se silenció. Ya no sabía si tenía los ojos abiertos o cerrados, pero creí ver el rostro de Marcel en la oscuridad, sonriéndome. Empecé a cantar, acompañada por el regalo de Apolo y un sueño que pensaba perdido. En ese instante, nada existía. Solo yo. Cada palabra, cada verso, cada nota. Cada una invocaba consigo una emoción, un recuerdo, un deseo, un futuro. Éramos solo la música y yo, volando en la oscuridad, donde la única luz que necesitaba era esa creada por mí misma.

Cuando la canción terminó, fue como si una vida entera hubiera pasado.

Esperanza fue la primera en aplaudir, sonriendo llena de admiración. Los demás se le unieron una vez los aplausos de la celebrada los trajo de vuelta a su conciencia. Pude sentir un calor dentro que no sentía hace años, y me reí, pensando que quizás Marcel hubiera dicho que no cualquiera podía decir que había dejado a una multitud de dioses impactados.

Me bajé del escenario y me dirigí a la mesa de Esperanza.

—Felicidades —le dije, una vez extendió su mano con un ademan de invitarme a sentarme.

—Creo que yo soy quién debería estar diciendo eso.

En ese instante, dos invitados más nos interrumpieron, preguntando por mi nombre. No se demoraron en aparecer tres dioses más, sorprendidos por aquella presentación sorpresa, y una, que, a pesar de su interés en mi talento, no pareció reconocerme sentada junto a Esperanza.

—Sígueme —Esperanza me dijo después de la sexta visita, teniendo claro que no íbamos a poder conversar ahora que ambas compartíamos toda la atención de la fiesta. Con el chasquido de sus dedos, una nueva ronda de platos se abrió paso entre las mesas, flotando entre los invitados y dándonos la oportunidad necesaria para desaparecer. Ella me tomó de la mano y me guio a través de las sombras hacia los vagones anteriores.

Nos hicimos camino a través del tren solitario, hasta llegar a la puerta principal. Ella la abrió con un gentil movimiento de su mano. La vista del mar de estrellas seguía extendiéndose en la noche. El tren continuaba su trayecto a través del agua, y esta vez fue la primera vez que noté las pequeñas olas que se formaban debajo de nosotros, generando una peculiar imagen del cielo de colores junto al movimiento.

Esperanza se sentó al borde del vagón y yo me senté junto a ella.

—Gracias por el regalo —me dijo después de un momento. —Definitivamente entre los mejores.

Me sonrojé y sonreí. —De nada.

—No sabía si ibas a venir.

—El anfitrión no me dejó mucha opción —admití.

—Sí, suele ser así.

—Estuve todo este tiempo queriendo preguntarte algo.

—No me sorprendería.

—¿Por qué me invitaste? —pregunté después de un suspiro profundo.

Ella me miró y pensó su respuesta por unos segundos. —A diferencia de ellos, yo no me suelo entrometer en la vida de los mortales. Tengo un hermano que inclusive ya lo tiene de mala costumbre. Aunque no tengo que hablarte a ti de hermanos torpes, tu sabes todo de eso.

Me reí con eso.

—Sin embargo, los conocí a ti y a Marcel cuando eran pequeños. En alguno de sus sueños me los crucé y desde entonces me llamaron la atención. No sé, creo que escucharlos cantar siempre me conmovió. Después de que él se fue, esperé con ansias el día en escucharte a ti otra vez.

—¿Y cómo supiste que iba a cantar hoy?

—No lo sabía —admitió. —La verdad es que robé una página del libro de mi hermano. Lo único que hice fue invitarte y esperar por lo mejor. Pensé que quizás podía ser el pequeño empujón que te faltaba.

Lo consideré. Era como si el peso que había estado llevando se fuera con el viento. —Gracias —le sonreí.

Ambas nos mantuvimos calladas por un minuto.

—Bueno, tengo que regresar —admitió a medida que se levantaba. —Ya se deben haber dado cuenta que no estoy.

—Suerte.

Me observó por una última vez, con tranquilidad en sus ojos. —Gracias por venir.

—Gracias por invitarme.

Esperanza volteó y se alejó. Las telas de su vestido de colores flotaban con el viento, reflejando las suaves luces que la rodeaban, hasta que la perdí de vista.

Me mantuve sentada en el borde del vagón el resto de la noche. Sentía una paz dentro de mí que no había sentido en muchísimo tiempo. Me sentía feliz. Observé en silencio el mar de estrellas, ya que no quería olvidarlo. No sabía si alguna vez vería algo así otra vez, y pensé que quizás eso estaba bien, ya que algunas cosas es suficiente vivirlas solo una vez. Mi mirada se quedó prensada en esa vista hasta que me quedé dormida.

Cuando desperté era de día. Pude reconocer el sol sobre mí inmediatamente. Era el sol de mediodía. Estaba sentada en la estación en medio de los llanos silenciosos. Me limpié los ojos y bostecé mientras confirmaba lo que me rodeaba. Estaba devuelta donde todo había empezado.

Me tomó un instante darme cuenta que sostenía en mis manos la lira de cristal y empecé a reírme.

Me levanté después de procesar todo por un momento y paseé con mi mirada por toda la estación, hasta que reconocí un cartel con las indicaciones que necesitaba. Las leí con cuidado y me preparé.

Con esa mirada despreocupada que finalmente había heredado, empecé a tocar las cuerdas mientras tarareaba. Ya era hora de volver a casa.

Sombras

La casa se vestía con su capa favorita de silencio, y debajo de ese piso de madera roto y las tejas chuecas, habitábamos nosotros, las sombras. Llevados adelante por un poco de deber y otra mitad de placer, era nuestra tarea proteger nuestro santuario. Nuestra guardia ya era conocimiento común en el pueblo. —No molesten a los fantasmas de la vieja casa de la familia Gormel —siempre advertían los mayores, pero esas cosas solo incentivaban más la curiosidad de los pequeños.

Esa noche empezó como todas las demás. Cuatro voces irrumpieron el silencio de la casa. Voces que susurraban con ansiedad e intriga ante sus aires de ingenuidad que confundían con valentía. Su aparición fue mucho más temprana que la del horario usual, y eso delataba que todos temían venir más tarde.

Los escuchamos entrar poco antes de que llegáramos a la cocina. Tariel fue el primero en saltar de emoción. Él era el que más disfrutaba asustar a los niños. Sin tiempo que perder, se llevó a Karlo detrás de él, volando hacia el pasillo más cercano.

—Hoy jugamos con las velas— me gritó antes de perderlo de vista.

La imagen me calentó con nostalgia y sonreí antes de caminar detrás de ellos. Desde que empezamos a hacer esto, Tariel y Karlo han sido las caras invisibles de nuestro espectáculo, mientras yo me encargo de la magia detrás del telón.

Cuando escuché el primer grito, supe que ese era mi pie. Corrí a uno de los cuartos y desde ahí vi como los niños temblaban de terror ante los muebles temblorosos y las gavetas que se abrían.

Una vez la nieta del carnicero estaba lo suficientemente cerca de uno de los muebles más altos, chasquee mis dedos y ambas velas que estaban detrás de los orificios superiores se encendieron, dando la espeluznante imagen como si el mueble tuviera ojos flameantes. Con ese grito, el candelabro se encendió. A la misma vez, una melodía levemente desafinada empezó a envolverlos y por el olor, sospechaba que alguno de los gemelos se había orinado encima. La canción que Karlo tocaba hoy era una de mis favoritas.

Con el crescendo del órgano, el calor de las velas se intensificaba. Era como si el fuego contagiara a las notas, que bailaban cada vez más eufóricas ante su conductor. Sus miradas corrían de un lado a otro, hasta que finalmente llegaron a la pared, donde la piel en las caras de los ancianos en uno de los cuadros empezó a caer, revelando los huesos detrás. Podía ver que Tariel había estado practicando.

Los cuadros fueron la gota que derramo el horror. Sin una sola mirada atrás, los cuatro huyeron, pálidos y sin voz.

Karlo no terminó la canción y soltó una carcajada. —Tom casi se desmalla —comentó.

Tariel lo miraba, sentado sobre la baranda del segundo piso. —Pues se lo merece.

—¿Por lo de los dulces? Tariel, supéralo o nunca vas a cruzar— comenté, saliendo hacia el pasillo. —Tu tía los trae todas las semanas.

—¡Pero fue una semana completa sin ellos!

—Te apresuraste, Loav —me comentó Karlo, ignorando a Tariel. —Creo que podríamos haberlos mantenido dentro unos veinte minutos más con atrasar las velas.

—Bueno, la próxima esperaré y cuando las prenda, quemaré tu órgano —sonreí.

Karlo frunció el ceño. —Soy tu parte favorita del espectáculo —contestó, confiado.

A eso, no contesté, ahorrándome darle el placer al mocoso.

—Vamos, que con tanto alboroto seguramente no habrá nadie más volviendo esta noche —dijo Tariel, saltando de la baranda al primer piso.

Los tres nos dirigimos hacia el patio, llevados por otra canción que Karlo silbaba, claramente para sí mismo, pero sin darse cuenta que le salía más alto de lo que pensaba.

Afuera, las tres velas eran la única luz perteneciente a la casa. Por lo que veía, la madre de Karlo debió haberlas cambiado más temprano, ya que ayer estaban casi consumidas.

En el altar de nuestras ofrendas estaba lo usual: pasteles y galletas por parte de madres y tías, una carta por parte de la hermana de Tariel y un muñeco de madera que no sabíamos para quien era y que decidimos rifar una vez volviéramos a casa.

Con nuestras ofrendas en mi mochila, partimos hacia el bosque.

Como siempre, yo lideraba el camino, ya que el tiempo no lo había vuelto más fácil para Karlo y Tariel. Ambos murieron rodeados por estos árboles, y ese no es un recuerdo que el tiempo aliviana. En algún lado habíamos leído que muchos fantasmas olvidaban las circunstancias de su muerte, pero a diferencia de mí, Karlo y Tariel no eran de esos.

Fue hace pocos años. En aquel entonces, El Jaguar aún estaba suelto. Ese era el sobrenombre para un asesino que rondó suelto en nuestros lares durante varios meses.

Para esos días, nuestro amigo Laenro había desaparecido no muy lejos de aquí. Yo había sido la última en verlo.

Ese día, él y yo habíamos partido desde temprano para explorar las colinas del oeste del bosque, ya que rumores hablaban de un lago en aquellas cercanías. Sin embargo, el viaje fue en vano. Una vez notamos al sol desapareciendo, decidimos volver.

No fue mucho después que escuchamos los ruidos provenientes de la oscuridad. Con El Jaguar acechando a todos los desafortunados que se alejaban del pueblo, Laen y yo corrimos, sabiendo que nuestras vidas dependían de ello. Aún no sé por cuanto corrimos, pero siempre lo recordaré como una eternidad. Laen lideraba el camino hasta que nos detuvimos frente a un rio que rugía furioso. No había manera de evadirlo, y girar para atrás sería nuestra perdición. Consumida por el temor y esa adrenalina en el instinto de supervivencia, fui la primera de ambos en saltar. Sin embargo, la corriente me golpeó antes de poder ver a Laen cruzar. El río me sumergió y derrotada ante su fuerza, me entregué al destino.

Desperté en una orilla, herida y sangrando, pero viva.

Después de ese día, nunca más vimos a Laen. Y ese día fue el que me hizo vivir con culpa por el resto de mi vida. Si no hubiera convencido a Laen de acompañarme, o si lo hubiera esperado para cruzar, capaz él habría sobrevivido conmigo. Pero no. Laen nunca apareció y eso no cambiaría, de la misma manera en que por más que la culpa me devore, nunca podré cambiar el hecho de que nunca pude salvarlo.

Todos siempre sospechamos que El Jaguar lo alcanzó. Tariel y Karlo no eran la excepción, y seguros que aún podían rescatarlo, se escaparon del pueblo. Pero una cosa son los cuentos de hadas, y otra es la realidad, y en esta realidad, no hay mucho que dos pequeños de doce años puedan hacer para enfrentar a un psicópata. Los cuerpos de ambos fueron encontrados un mes después, poco antes de que El Jaguar fuera capturado y sentenciado.

Y ahora, en este limbo que ata a los espíritus a este plano terrenal, deambulamos. Karlo y Tariel aún tratan de descubrir lo que fue de Laen, y yo... Pues, mi historia es para otro día, y lo único que hay que saber es que yo estoy aquí por ellos.

Llegamos a casa antes de la media noche. Las ruinas habían sido abandonadas hace décadas. Ahora, el sitio se había vuelto nuestro. En este lugar, alguna vez había estado un molino y varios hogares, pero ahora, solo quedaba el recuerdo.

Después de la repartición de ofrendas, y de que Karlo se ganará el muñeco, arme una fogata. A pesar de que Karlo solía recordarme que para un fantasma era imposible sentir el calor, era una linda manera de recordar cómo era todo antes de llegar aquí.

Esa noche él retomó el relato sobre los músicos viajeros de Gardelona. Se dejaba llevar por las historias que alguna vez leyó en la biblioteca del pueblo y una que otra vez, incluía alguna de las canciones que le daban forma a la historia de estos artistas errantes.

—Mi hermana hoy despertó su magia —comentó Tariel con una sonrisa después de que Karlo terminara, la carta aún en sus manos. En sus ojos podíamos ver la tristeza. Su rostro delataba como lo hubiera dado todo por estar ahí. Pero no nos compartió más que su silencio. Tariel siempre fue así. Su silencio hablaba por él.

—¿Y? —preguntó Karlo.

—Es una bruja de agua —dijo Tariel. —Creo que un día será una sanadora.

Tariel alzó la mirada, sin mirarnos a ninguno de los dos. Yo le sonreí. Sabía que por más que lo evitara, me podía ver. Sabía que una sonrisa era lo mejor que le podía dar.

Karlo parecía querer decir algo, pero Tariel lo prefería así. Él no necesitaba escuchar el clásico consuelo que tantas veces uno escucha, porque los tres sabíamos que no había nada que hacer al respecto. Sólo saber que no estaba sólo le era suficiente.

—Acabo de recordar que pensaba ir a ver unas cuevas no muy lejos de aquí —irrumpí con el silencio, dirigiéndome a Tariel. — Acompáñame.

Tariel alzó la mirada.

—Hay unos cristales que sé que te encantarían.

—¿Por qué siempre sugieres los viajes más aburridos? —Karlo se quejó. —Yo para esta me quedo atrás.

—Ni nos daremos cuenta. —Sonreí mientras me paraba. — ¿Tariel?

Él me miró por un momento, antes de pararse también. Me afirmó con una sonrisa y me siguió hacia el bosque.

En el cielo había una media luna que iluminaba el camino a través de los árboles. Para nosotros era más que suficiente, ya que nos habíamos acostumbrado a vivir como sombras. Hasta en las noches de luna nueva había formas de ver a través de los caminos.

—¿Y cómo crees que habrá sido el día de tu hermana? —Le pregunté después de un rato.

—Seguramente mamá invitó a la mitad del pueblo a casa para cenar —él sugirió. —Por su parte, creo que Reena debe estar más emocionada por contarle a sus gatos sobre cómo ocurrió.

—¿Cómo crees que habrá ocurrido?

—Quiero creer que fue mejor que la de cualquiera. La imagino a la orilla del puerto, alzando sus manos para levantar la marea, así como Kalushka lo habrá hecho en alguna de sus fábulas. — Tariel sonreía a esa imagen. —Seguramente en realidad solo habrá mojado por accidente a papá con una pequeña esfera de agua, pero me quiero quedar con la versión épica.

—Suena mejor para mí —me reí.

En ese momento escuchamos el aullido. Tariel me miró con los ojos pelados, y si aún tuviera un cuerpo, seguramente se hubiera puesto pálido. Yo reaccioné primero.

—¡Corre!

No tomó mucho para que a lo lejos empezáramos a escuchar los estruendos de sus patas que corrían detrás de nosotros. Gruñía furioso y alto, como si con solo su sonido establecería su dominancia sobre esta noche. Con una mirada atrás, vi sus ojos rojos en la distancia, a medida que se aproximaban.

Tariel y yo corríamos, tratando de tomar las rutas más extrañas para perderlo, pero nuestros esfuerzos eran inútiles. Él conocía estos caminos tan bien como nosotros.

Una vez perdí noción de en qué dirección íbamos, vimos un rio a la distancia. Nos apresuramos a él, para saltar hacia el otro lado rápidamente.

Se detuvo frente a la orilla, furioso. Sus ojos se movían entre el agua y nosotros, pero sin señales de que planeara algo más. Tariel rápidamente extendió su mano derecha, salpicándole agua de la orilla a la bestia, quién rugió en terror, antes de huir.

Aquel era el Ammferum, una bestia que había perseguido a Tariel y Karlo desde el día de su muerte. Tenía la cabeza de un león y patas escamosas con garras afiladas. Es un espíritu tan viejo como el tiempo que vive en este limbo, alimentándose de los espíritus que no cruzan al más allá. No es raro cruzárnoslo cada cierto tiempo en el bosque, y por mucho tiempo, la suerte estuvo de nuestro lado para ayudarnos a escapar, hasta que un día descubrimos su temor al agua. Desde ese momento, un pequeño salpicón ha sido suficiente para espantarlo.

Una vez estábamos sanos y salvos fue que me di cuenta de donde estábamos.

—Este es el río —dije, atónita.

Tariel me miró, sorprendido, sin contestar.

—Está mucho más calmado hoy, pero puedo reconocerlo. Fue aquí.

Sin esperar a que Tariel agregará algo más, seguí la orilla río abajo. Mis ojos deambulaban por mi alrededor, reconociendo estos árboles y este suelo. El recuerdo seguía muy vivo en mi mente, y con ese recuerdo, ese temor tan vivaz regresó también. El temor por mi vida y por la de Laen. En las aguas tranquilas podía ver la corriente furiosa que en algún momento me arrastró. Esta oscuridad me hacía pensar en lo último que Laen debió haber visto antes de que lo atraparan.

El río seguía por casi un kilómetro. No me detuve por un segundo. Tariel me seguía de cerca, preocupado. Fue después de casi media hora que finalmente llegamos a la cascada. Me detuve al borde del camino, y observé cómo el agua caía en un lago de cristal que reflejaba el cielo estrellado. Consumida por el pensamiento y el recuerdo, no pude más. Caí de rodillas, incapaz de sostener las lágrimas. Todas las emociones de ese día se repetían en mi pecho infinitamente.

Tariel se agachó junto a mí. Si hubiera podido, me hubiera abrazado. Sin embargo, más que acompañarme en ese silencio, Tariel no podía hacer más.

—Seguramente lo vio desde el más allá. Me imagino que le habría encantado.

Alce la mirada, un tanto sorprendida de escuchar a Tariel. Él me sonreía, y aunque no podía consolarme con un abrazo, esto cumplía su cometido. Esa sonrisa me hacía recordar que no estaba sola, y por primera vez, contemplé que yo no solo estaba ahí para ellos, sino que ellos estaban ahí para mí.

Regresar nos tomó una hora más. Esa caminata devuelta fue silenciosa, con solo el sonido de los pasos y las hojas para hacernos compañía. El tiempo me permitió reflexionar. Me sumergí en recuerdos, reviviendo ese deseo de haber podido salvarlo, y luchando por convencerme a mí misma que ya era tarde.

—Finalmente —Karlo alzó la mirada una vez regresamos.

Yo no contesté. Traté de sonreírle, pero seguí muda, hasta sentarme.

—Lo vimos —explicó Tariel.

—Eso contesta mucho —añadió Karlo. —¿Fue difícil?

—Tuvimos que correr bastante hasta poder encontrar con que asustarlo, pero una vez lo salpicamos desapareció —contó Tariel, dejando el descubrimiento del río y el lago para sí mismo. Ese podía ser nuestro secreto por ahora. Karlo no tenía por qué escuchar esa historia esta noche.

—Vamos, que no es para tanto —trató de animarme. — Hemos tenido días peores.

—¿La vez del oso? —pregunté, sonriendo a la memoria. Una vez, nos topamos con un oso en medio de un escape, y Karlo se aterrorizó. Le tomó casi una hora darse cuenta que el oso no podía tocarlos.

—Para empezar —rio Tariel.

Karlo frunció el ceño, pero no se quejó, satisfecho de que el tema haya aliviado el clima.

Ese recuento fue seguido por un breve silencio; de esos que eran tan comunes en este lugar. Nos tomó un rato darnos cuenta como Karlo lo llenó con una canción que tocaba en su laúd. Sus canciones se habían vuelto tan propias de nuestros silencios, que en un nivel inconsciente lo presentíamos como parte del ambiente. Así como el sonido del suspiro del bosque, del arrullo de un río o del canto del viento. La música de Karlo era el sonido de nuestras ruinas.

Era una lástima saber que sus talentos habían sido robados por la muerte. Laen y yo podíamos pasar horas escuchándolo tocar. Todos en el pueblo dábamos por sentado de que algún día Karlo dejaría el pueblo para que el mundo conociera su música, pero ese era un sueño perdido.

El aullido detuvo al laúd. El bosque temblaba, como si se le erizara la piel a través de las ramas. Los tres intercambiamos miradas en confusión. Encontrarnos de nuevo en la misma noche no era usual. ¿Y en la puerta de nuestro hogar? Tenía que ser la primera vez.

Tariel se levantó, ya que la sorpresa me había detenido. Aún no regresaba a ser yo misma.

—Hay que irnos ya. Hay un arroyo muy cerca.

—¿Qué le hicieron? —preguntó Karlo con voz temblorosa.

Quise contestar, pero no encontraba respuesta. ¿Qué le hicimos? No podía ser coincidencia verlo otra vez.

Para cuando escuchamos otra vez su rugido, era tarde.

Saltó desde los arbustos, para aplastar nuestro fuego. No parecía sentirlo. Caminó sobre él, como cuando se aplastan las hojas muertas en el camino.

Sus ojos infernales atravesaban a Karlo, pero su mirada siguió deambulando hasta encontrarme. Me detuve en mi lugar, con la mirada detenida en él, frenada por tantos pensamientos.

—Corran —susurré. El Ammferum rugió. —¡Corran! —grité mientras giraba en dirección opuesta. Lo oí apresurarse detrás de mí, pero no le di oportunidad al miedo; había suficiente tiempo para eso después de sobrevivir.

La bestia nos había atormentado por mucho tiempo en ese bosque que ambos conocíamos tan bien, pero esta noche las cartas estaban a nuestro favor. Nosotros conocíamos estas ruinas mejor que nadie. Me apresuré a la entrada más cercana, para hacerme camino entre los restos de los pasillos y cuartos que alguna vez decoraron el hogar de los campesinos. Salté entre ventanas y viejos agujeros, pero la bestia era veloz.

Fue en el momento cuando pensé que la había burlado que uno de los viejos escalones cedió para dejarme caer. Me arrastré sobre los pedazos rotos de madera. El verdugo saltó sobre mí y, en vano, trató de rasguñarme.

Justo entonces, lo escuché rugir atormentado. Tariel y Karlo lo observaban detrás de mí con esos ojos asustados, y con el suelo alrededor mojado. No esperamos a ver la repercusión, y aprovechamos para girar y huir.

No nos detuvimos hasta llegar al tope de las ruinas del molino.

—¿Qué te hizo? —preguntaba Tariel con ansiedad mientras inspeccionaba. Me sangraban las manos, y tenía astillas enterrados en los brazos y pies. Mi pie estaba hinchando, y por el dolor, estaba segura de que tenía un hueso roto. Tariel me miraba en confusión, buscando las marcas de las garras. Nerviosa, retrocedí. —¿No te hirió? —susurró, lleno de confusión.

—Imposible —Karlo se acercó. En su mirada podía ver que él aun recordaba el dolor de cuando la bestia le rasguño la pantorrilla. Karlo me miraba, sin comprender.

—¿Te dejé mudo? —traté de sonar calmada. Me arrastré a una mejor posición, donde empecé a verme las heridas en los brazos.

—Debió haberte herido, pero... No. Tus heridas no son de él. ¿Cómo te lastimaste así? —Karlo finalmente tuvo el valor de preguntar. —Es como si estuvieras...

—Viva —lo miré. Me detuve, mi mirada sostenida por la de ambos.

—No podrías. Vives aquí. Eres una de nosotros —Karlo se trataba de convencer a sí mismo.

—Ni siquiera podrías vernos, de lo contrario. Solo podrías si... —En ese momento, pude ver como todo cayó en su lugar para Tariel. Tariel siempre fue el más astuto. —Solo si fueras una nigromante.

Los mire con una sonrisa. —Me di cuenta unas cuantas semanas después de que los encontraran —admití. —Fue cuando vi al papá de Lara. El que murió hace unos diez años.

Karlo balbuceaba, tratando de comprender. —Pero...

—Siempre se pensó que era un mito. Magos malévolos de los que escuchábamos en los cuentos. —contestó Tariel por él.

—Tenemos mala fama —sugerí. —Nunca se trató de contactar a los espíritus y alzar a los muertos para conquistar el mundo de los vivos. Se trata de que somos los únicos que podemos ayudarlos a cruzar.

Karlo y Tariel intercambiaron una mirada, aún atónitos por la sorpresa. Karlo sonrió después de un momento. —No sabes cuánto me alivia saber que aún estás viva.

Tariel aún no digería la sorpresa —Así que todo este tiempo...

—Me acerqué para estar para ustedes. Es mi labor. Tengo que ayudarlos a cruzar —me detuve por un instante. —Me gustaría ser mejor, pero aun aprendo por mi cuenta. Cómo me gustaría poder haber logrado hacerlos cruzar. Pero denme tiempo.

—Esto no está tan mal —admitió Karlo. —Te podemos...

El rugido lo interrumpió. Aquel sonido infernal me llegaba hasta los huesos. La bestia estaba cerca y aquella salpicadura aún no lo había espantado. En mi mente se repetía infinitamente la pregunta: ¿Qué lo atraía a este lugar? Esta noche, el Ammferum no se rendía y eso no podía ser una mera coincidencia.

—Lo distraeré. Ustedes traten de tomar la mayor distancia que puedan de este lugar. Sálvense y los encontraré en la casa Gormel mañana. —Les indiqué.

—Pero...

—No hay tiempo para discutirlo. Váyanse. —Interrumpí a Karlo, quién trató de refutarme. Me levanté antes de que Karlo y Tariel pudieran decir algo y me apresuré a bajar devuelta. Cada paso volvía al dolor más insoportable, pero lo aguantaba entre lágrimas.

Salí por una de las ventanas. Una vez ahí, lo vi tratando de rasguñar los restos de la escalera de madera del molino. Le silbé, llamando su atención, y una vez sus ojos estaban en mí, di vuelta y corrí de la mejor manera en que pude.

Él rugía detrás de mí, pero mirar atrás solo me frenaría. Yo me concentraba en despejar mi mente, y hacerme paso a través de esa oscuridad, aguantando las lágrimas y el dolor.

Cuando caí fue como un empujón que me trajo de vuelta a la realidad. Mi mente había estado tan concentrada en apagar aquel sufrimiento que no vi venir a las cosas de Karlo que me hicieron tropezar. Sabiendo que carecía de la fuerza para levantarme, miré para atrás. Sin embargo, sus ojos ya no se encontraban en mí. Su hocico olfateaba las cosas regadas frente a él.

Para mi sorpresa, Karlo y Tariel aparecieron detrás de mí. —Rápido. —Insistían. Ambos estaban aterrorizados, pero los idiotas eran incapaces de dejarme atrás.

Hice lo posible para levantarme, pero mis ojos se mantenían en la bestia. Tenía que haber una respuesta. En esta noche nada había tenido sentido. Primero, el Ammferum era incapaz de rendirse en su cacería, y ahora, aquellos artefactos tan triviales lo habían detenido totalmente.

Los susurros de ambos me apresuraban, pero yo estudiaba aquella imagen. La imagen de la bestia admirando un simple laúd. Para mí se volvió evidente: aquel instrumento de Karlo era lo único que existía para los ojos de la bestia.

Y fue en ese momento que lo entendí.

—Laen —le dije.

No rugió. No aulló ni salto para atraparnos como presa. Por primera vez, vi que sus ojos no estaban llenos de furia. Esos eran ojos tristes. Finalmente lo vimos por lo que era. Un cachorro asustado que daba un paso hacia nosotros.

—Nunca fue El Jaguar. Fue el río. —Finalmente comprendí. Él me siguió. No me dejó ir y murió en ese río para que yo viviera.

Se acercó para detenerse frente a nosotros.

Me miraba con tristeza. Tariel y Karlo dieron un paso al frente, ambos llenos de emoción. Me agaché ante Laen y gentilmente le toqué el rostro. Con mi sonrisa, él sonrió devuelta y se levantó, ahora como lo recordábamos en vida.

Los tres niños se abrazaron sin palabras. Reían, como lo hicieron en algún momento, hace años. Y a medida que sentía como ese calor me llenaba por dentro, vi como esa misma emoción los envolvió en su paz. La paz que habían estado buscando todo este tiempo.

Los observé entre lágrimas, a medida que sus sombras se extinguieron para volverse luz.

El Olvido

¿Cuál era el nombre de ese chupito?
¿El que ordené con Henry?

Es de esos momentos en los que me cuesta ubicarme en el tiempo y lo único claro son las pregunta.

La memoria y el olvido son como dos lados de mi ser. Dos caras de una misma moneda.
Aunque no siempre fue así. Los años lo volvieron más difícil.
O quizás la vejez lo volvió más notorio.
Me cuesta saber si lo que está pasando es el presente o es un recuerdo. Siempre que vivo un momento, me pregunto: ¿tengo recuerdos posteriores a este instante? De no ser el caso, sé que estoy viviendo y no recordando.
Durante los últimos años ha estado ocurriendo y su llegada trajo la costumbre.
No siempre suelo encontrar la respuesta, pero la concentración suele ayudarme.

Siento la pregunta. Me enfoco.
La pregunta me lleva a un pensamiento: Henry.
Hoy veré a Henry. Y a los demás.
Eso me llena de nostalgia. En este momento, estoy viviendo y eso me alegra.
—Llegamos —dice Ana.

Ella está sentada junto a mí. Me observa. Es la única que entiende la naturaleza de mi divagar.

—Gracias, amor.

Ana sonríe. Me besa en la mejilla.

Yo le devuelvo la sonrisa y salgo.

BIENVENIDOS
PROMOCION '08

El cartel cuelga de la entrada principal al bar. Me detengo a observarlo.

Me rio.

Es el mismo que desde la primera reunión hace casi veinticinco años. El '08 ya está algo difuminado por el tiempo, pero es legible.

El fondo blanco está cubierto por manchas. Cada una cuenta alguna de las reuniones.

Mi favorita es la verde sobre la P. Esa fue la primera.

Al entrar, me encuentro casi solo en el bar que Isabel debe haber reservado. Uno que otro extraño está sentado por aquí y por allá; supongo que la reserva no los detuvo.

Yo soy el primero de los nuestros.

Desde hace unos quince años que este se había vuelto el sitio quasi-oficial de nuestros reencuentros.

Si había algo que nuestra promoción carecía era la capacidad para la organización anticipada.

A través de los años, nuestras sedes habían disminuido en calidad hasta llegar a esta.

Una vez llegamos aquí, el dueño y su familia nos habían acogido cada reunión con tan solo unos días de anticipación para reservar.

No era el lugar más lindo de la ciudad, pero tenía su encanto.

Me siento tras la barra.
Espero.
Un barman me ofrece algo y pido agua.
Bebo en silencio.
Le ofrezco mi abrigo al barman y le digo que me lo guarde.
El barman regresa. Rellena mi vaso.
Después del tercero, voy al baño.
Cuando me lavo las manos, el rostro del barman se me dibuja en la cabeza. Algo me parece familiar.

Camino con un sentimiento extraño en el estómago.
Observo a los rostros familiares a mi alrededor. Todos parecen aliviados de verme.
Bailo con la hija de nuestro anfitrión.
Recibo regalos de bienvenida.
El olor del incienso es bastante pesado. El incienso es lo que me hace recordar el futuro. Un futuro en cientos de años.
Vi a un hombre sentado en uno de los banquetes.
Estaba rodeado por otros nobles. Su ropa estaba descuidada.
Lo veía detenidamente.

El rostro es parecido, pero no es el mismo.
Salgo del baño y me encuentro con una sorpresa.
Me siento junto a él y ya tiene un trago esperando frente a mi asiento. Alza el suyo hacia mí, sonriente. —Tanto tiempo, hijo de puta.
—Sé que me extrañabas.
Me abraza. Yo agarro el vaso.
Brindamos y tomamos. El ardor bajándome por la garganta se siente como los viejos tiempos.

Solo por un instante, vuelvo a nuestra adolescencia.
Robando licor del bar de su madre.

La sonrisa de Gerald es lo único que no envejeció.

Quiero creer que, a pesar de todo, los años no le han podido arrebatar la vivacidad de su compañía.

La conversación nace fácil. Me muestra las fotos de Jenny, su hija, quien está por empezar el cuarto grado y yo le muestro nuestras fotos con Marianne en su primer día del kínder. Ambos nos reímos, al recordar esos primeros días que nosotros pasamos.

—Quien hubiera pensado que Ana terminaría siendo la indicada —me comenta.

Más conocidos han llegado y aunque los hemos saludado, nos mantenemos conversando en la barra.

—Creo que Charlie era el único —contesto.

—Pues me alegro que la hayas encontrado. Todos nos alegramos.

Me sonrojé.

Miraba a Ana.

Unos quince años más joven.

Escondía su piel desnuda bajo las sabanas de algún motel asiático.

—¿Y cómo has estado? —le hago la pregunta después de casi media hora. Me aseguro de no tocar la herida con mucha fuerza.

—Sobrevivo —contesta. Su tono me dice que eso es todo lo que necesito saber.

Despierto.

Me toma un momento darme cuenta que estoy en nuestra habitación.

Es aún de madrugada. Tengo una llamada perdida de Charlie. Ana duerme.

La observo dormir entre ronquidos y rio al escucharla.

¿Cuál era el nombre de ese chupito?

¿El que ordené con Henry?

Me doy cuenta que me despertó otro recuerdo.

Algunos los reconozco.
Hay otros que se sienten como en una vida pasada.
Cada vez siento que estos recuerdos se vuelven más
familiares.

Charlie llega poco después. Se sienta junto a Gerald y pide una nueva ronda.

—El jefe me dejo atrapado por casi una hora más —Charlie se queja.

—El sobretiempo nunca viene mal —respondo.

—¿En serio les parece que es la mejor ocasión para hablar sobre trabajo? —comenta Gerald.

—Para nada —estamos de acuerdo.

Por unos cuantos minutos más, igual hablamos de trabajo. Yo les cuento un poco sobre cómo va todo en la firma y Charlie se alegra por la noticia de que su recomendación me había servido.

Gerald habla un poco sobre sus andanzas, pero evita desarrollar.

Por otro lado, Charlie disfruta hablar de su trabajo.

Prácticamente vive en la oficina.

Tienen miles de historia respecto a sus clientes.

Le parece agotador, pero le gusta.

Está luchando con algunos más por el puesto de gerente.

El trabajo le hace bien y para él, eso es suficiente.

Escucho a Gerald.
Él está tirado en una hamaca, besando a una chica.
Charlie y yo estamos sentados en un patio vacío.
Lo más pesado es el olor a alcohol.
Nos reímos de algún chiste malo que hago.
La risa levanta a Charlie, quién corre a un costado para
vomitar. Él se limpia los labios con la manga de su camisa.
Se sienta junto a mí y toma otro sorbo de su cerveza.
—Eres un animal —le comento con una carcajada.
Escuchamos a Gerald roncar. La chica ha desparecido.

—No terminamos el reporte de biología —dice Charlie, con voz soñolienta.

—Su culpa —digo con un bostezo, apuntando a Gerald. Pienso en el domingo y trato de calcular cuantas horas tendré para dormir antes de que mamá me despierte. Pero todo desaparece cuando no aguanto más y vomito la cena.

Escucho a Gerald reírse entre dormido.

No me doy cuenta en qué momento de la conversación el grupo se expande. Efraím, Roger y Vicky se han unido. Roger cuenta alguna anécdota graciosa que no creo recordar.

Gerald me llama la atención tocándome del hombro. Apunta a la creciente multitud.

Matilda está parada junto a la entrada. Ella saluda a Cruz, Paulina y Sierra. Mis ojos siguen a Matilda por un momento. Veo sus primeras canas, que busca ocultar con el peinado.

Estoy sentado en mi auto. La música suena con fuerza. Matilda entra después de esperarla tras varios minutos. Me besa sin decir nada.

Sus ojos están rojos. Hay lágrimas secas cubriéndole las mejillas.

Presiono el acelerador y emprendemos a la ruta vacía. No pienso en un destino. Dejo que el camino nos lleve lejos.

Golpeo a Gerald en el hombro, sonriendo avergonzado. Él se ríe y no dice más.

Los rostros familiares empiezan a esparcirse en nuestra pequeña multitud. Caras que no veía desde la última reunión nos saludan. Siento una sensación extraña en el pecho. Verlos aquí una vez más es extraño. Toda una vida ha pasado y ahora aquí estamos.

Debbie e Isabel nos llaman a todos. Están detenidas frente al micrófono, pidiendo que nos sentemos. No demoramos en seguir las instrucciones. Después de toda una vida conociéndonos, ya somos lo suficiente inteligentes como para evitar molestar a Debbie.

—Es un gusto tenerlos a todos aquí —dice Isabel una vez estamos sentados.

—¿Y mi abrigo? —exclama Henry, mientras se hace paso por el salón.

Todos ríen a eso. Es uno de esos chistes internos que nunca envejecen.

—Creo que es la primera reunión donde estamos tantos — dice Debbie, ignorando a Henry con una risa que no puede esconder.

—¿Me perdí de mucho? —nos pregunta Henry suavemente al sentarse entre Gerald y yo.

—Nada fuera de lo usual —responde Charlie.

—Llegamos a los treinta —dice ella. —Tal vez no todos, pero aquí estamos. Por más que algunos no lo quieran creer, estamos poniéndonos viejos. A veces es un extraño panorama. Verlos así. Con familias y pagando cuentas. ¿Quién hubiera pensado que Armando Sevilla estaría cambiando pañales y con su tercer hijo en camino? Felicidades.

Contestamos con aplausos y gritos.

Armando alza su trago. —Se necesitaba un heredero para la dinastía —él contesta sarcásticamente.

—¿O que Roxy ya estaría abriendo la cuarta sucursal de su librería?

Más aplausos.

—Lupe prometió que para la próxima reunión nos recibirá en su nueva casa, ya que finalmente terminó todo el papeleo.

Charlie y Henry son los que más alto festejan esa, anticipando las energías para festejar dentro de diez años.

—Creo que con la vejez este discurso lo vamos acortando más y más, pero quizás ese es el propósito. Ahora toca celebrar el resultado de quienes somos ahora.

Hace una pausa por un instante y respira profundamente.

—Hemos dicho tantas cosas a través de toda una vida, y ya para este punto, quizás no es necesario decir mucho más.

Debbie alza su copa y nos sonríe.

—Pero lo diré igual. Los quiero y como siempre, es un gusto verlos de nuevo.

—¡Salud! —Todos contestamos al brindis. Después de eso, el dueño sirve la cena.

Camino sin una sola preocupación en la cabeza por calles de piedra.
El olor vuelve evidente al sitio.
Constantinopla.
Me esperan en la biblioteca.
Hace años que no recordaba este sitio.

Después de que llegan nuestros platos, no perdemos tiempo en empezar.

—La niñera se tomó una eternidad en llegar —Henry se excusó apenas pudo.

—Esa excusa ya la gastaste hace años —le respondo.

—Así como la de la llanta y la del papeleo atrasado —agrega Gerald.

—¿En qué posición estamos respecto a la del perro? — pregunta Charlie.

—¡Nunca estuvo aceptada! Muy bajo mentir con Rino para eso.

—¿Más bajo que usar a su hijo?

Yo me rio.

—¡Está bien! —protesta Henry —Estuve comprando un regalo para Lila y se me paso el tiempo.

Ninguno contesta de inmediato.

—Esta excusa es nueva —nota Gerald.

—¿*La* Lila con la que saliste hace cuatro meses? —recuerdo.

—Con la que seguí saliendo desde entonces —Henry me corrige.

Los tres lo observamos, dudosos.

—¿Por qué nunca me entero de estas cosas? —protesta Charlie.

—No eres parte del club de padres —contesto yo, sin quitarle el ojo a Henry.

—Si es así, creo que puedo vivir con esas consecuencias —concluye Charlie.

Gerald y yo intercambiamos miradas. —Podemos dejarla pasar por hoy. ¿Quién sabe? Capaz inclusive puede que sea verdad —dice Gerald.

Atravieso las compuertas hacia un pasillo ruidoso. Estoy rodeado de pasajeros.

Veo a Gerald parado entre la multitud.

Alza su mano cuando me ve.

—¡Hermano! —exclama y me abraza con fuerza.

Después de salir del aeropuerto, nos toma casi una hora atravesar el tráfico y llegar a la Rana Dorada, donde Gerald planea darme la bienvenida con una cerveza y algo para cenar.

—¿Y cómo estuvo Hong Kong? —me preguntó después de que terminé de contarle todo sobre la arquitectura y las chicas europeas.

Esa noche continuamos conversando hasta que la barra cerró. Por horas habíamos hablado sobre mis viajes hasta que finalmente me contó sobre cómo le estaba yendo.

La universidad sonaba pesada, pero el trabajo le estaba pagando justo lo suficiente. Estos últimos cuatro años lo habían tratado bien, trayéndole consigo un sentido de madurez y responsabilidad que me sorprendía.

Había sido una buena noche.

Extrañaba los encuentros así, y por ese instante recordé la tristeza. La tristeza de la lejanía de casa y esa nostalgia por mis viejos amigos.

—Sí, ya está en su último año —comenta Tomás.

—¿Y ya tiene idea de que hará cuando se gradué? —le pregunta Gerald.

—Quiere seguir los pasos del padrino —me mira. —Quiere estudiar arquitectura en Europa.

—Mi puerta siempre está abierta para cualquier pregunta —respondo.

—No puedo ni imaginar cuando Sebastián llegue a esa edad —comenta Henry.

—Aprovechen estos años —agrega Karen.

—¿Y a qué parte quiere ir? —pregunto después de un momento.

—España o Francia.

Charlie se ríe entre dientes. —Fue para la reunión de cinco años que estabas en Francia, ¿no? —Charlie me mira.

—Si —le contesto. Me rio.

Gerald nos mira con disimulo y se une a las risas.

Henry es el último en caer en cuenta. Suelta una carcajada.

Los demás nos observan confundidos.

—Ignórenlos —les digo.

—¡Steven! —Charlie gira cuando lo ve pasar. Se levanta, seguido por Gerald, y ambos lo persiguen.

Gerald y yo estamos parados ante la barra, por tomar la tercera ronda de vodka.

Charlie nos interrumpe, trayendo consigo a Steven.

Hay confusión en su semblante que encaja con lo desalineada que es su vestimenta. El saco desgastado le queda grande y la camisa no le combina con la corbata.

Es evidente que esta es su primera fiesta. La imagen evoca el recuerdo del futuro.

Recuerdo ver a Steven casi diez años más tarde en una revista científica, con una seguridad en su rostro poco reconocible pero que me alegró.

Charlie pidió dos vasos más.

El temor de Steven era clarísimo e hice lo mejor por ayudarlo a sentirse cómodo. Me sentía responsable por haberlo convencido de dejar el estudio por una noche y unírsenos. Los tres alzamos nuestros tragos y brindamos en su nombre. Steven sonrió avergonzado, pero se nos unió.

Estoy sentado en la barra con Henry tomando un poco de agua cuando Debbie se acerca.

—Señora Deborah —Henry la saluda.

Ella lo golpea en el brazo. —Ese nombre me agrega veinte años más.

—Pero tú misma dijiste que nos estamos poniendo viejos.

—No quiere decir que sea una anciana.

El aire acondicionado es bastante frio. El mesero nos trae la comida. El pollo bañado en crema se ve tentador, pero no es tan delicioso como parece. No recuerdo lo que Deborah comía. Ella contestaba mensajes de felicitación por su cumpleaños. Recuerdo que esa mañana planeábamos su celebración. Recuerdo que ella repetía alguno de esos chistes malos que nadie más entendía. Recuerdo escuchar su risa ruidosa y vergonzosa. Recuerdo reírme con ella.

Siento una sensación acogedora.

Es curioso recordar a mis amigos y a esas cualidades que los vuelven únicos. Cualidades que los años no han podido arrebatarles.

Deborah nos dice uno de esos chistes malos que siempre le gustaron.

Ella ríe por su cuenta con esa risa que la edad no le cambio.

El barman del rostro familiar parece reírse también.

—Disculpa a nuestra amiga —Henry le comenta. —Ya se le subieron los tragos a la cabeza.

Yo no puedo evitar reírme al escucharla.

Nos cuenta sobre el trabajo.

Nos cuenta sobre su esposo.

Nos cuenta sobre sus dos hijos. Suena alegre.

Esa imagen de Deborah treinta años atrás es un momento de nostalgia que me toca el pecho.

Recuerdo alejarnos.

Recuerdo preguntarme el cómo y ser incapaz de contestarlo.

Recuerdo extrañarla.

Así como la recuerdo a ella, recuerdo a muchos más en este salón. Esas amistades que el tiempo llevó a la lejanía.

En algún momento de mi vida, la madurez me llevó a entender que eso es parte de la vida.

No podría decir si eso es algo bueno o malo.

Simplemente pasa.

Todos crecimos y cambiamos. Nos enfocamos en cosas y personas diferentes. A veces, hay amistades pasajeras que son justo lo que necesitamos.

Regreso de comprar algo para comer y me detengo en la puerta.

Henry está dormido con Sebastián en manos.

El recién nacido duerme con la misma expresión que su padre.

Esa mañana, Henry se había sentido aterrado. Me había desahogado todos los temores que lo atormentaban.

Pero con ese bebé entre manos, puedo ver que no había nada de qué temer.

En el rostro de Henry hay un tipo de calma y alegría que nunca le había visto en toda la vida.

Es una imagen difícil de creer. Ese idiota ahora es un padre.

Me siento orgulloso de verlo.

Trato de recordar la noche previa a nuestra reunión de cinco
años de graduados.
¿Cuál era el nombre de ese chupito?
¿El que ordené con Henry?
Esa fue la primera vez que experimente uno de esos
recuerdos tan vivaces.
Un hombre brindaba conmigo.
Lo reconozco como un viejo amigo, pero no puedo ubicar su
nombre.
Almorzamos junto a un acantilado en alguna parte del
mediterráneo.
El recuerdo se fue tan rápido como vino. Fue un parpadeo
que me llevo a otra vida. Y a pesar de eso, sabía que era
familiar. Sabía que ese recuerdo era mío.

Conversamos con Debbie hasta que se nos une Matilda.
Es la primera vez que vemos a Matilda en casi quince años.
Los tres la saludamos con entusiasmo. O bueno, ellos dos la
saludan con entusiasmo y yo torpemente le doy un apretón de
manos.
Le preguntan por la familia que construyó en el extranjero.
Hago lo posible por no delatar mi incomodidad.
Matilda invita otra ronda de tequilas, a la que aceptamos, a
pesar de reconocer que ya deberíamos bajarle.

Estoy parado en el vestíbulo, mirándome por milésima vez
en el espejo. Me aseguro de que mi traje esté bien.
Siento los nervios en todo el cuerpo.
Estoy aterrorizado.
Todo se desvanece cuando la veo salir del ascensor.
Se ve hermosa.
Le coloco en la muñeca el corsage que mi mamá me ayudó a
seleccionar.
Le ofrezco mi brazo y ella lo toma con delicadeza.
Quizás no me ira tan mal en este baile de graduación.

El sabor a tequila en mi boca me recuerda la pregunta sobre el chupito de Henry.

Una vez pienso en preguntar, me percato que él y Deborah nos han abandonado estratégicamente.

Matilda se sienta en el puesto vacante dejado por Henry.

No sé qué decirle.

Nos mantenemos en ese silencio incómodo por un minuto hasta que cambia la música.

Es nuestra canción.

Ella ríe. Yo también.

—¿Por lo viejos tiempos? —me propone, ofreciéndome su mano.

—Por lo viejos tiempos —acepto, tomándola.

Nos hacemos paso al centro del salón, y la tomo de la cintura y la mano.

Estando rodeados por todos estos rostros conocidos, bailando a estas cuerdas, puedo sentirme envuelto por la familiaridad.

Por un instante vuelvo mi adolescencia, con ella en nuestro
baile de graduación.

—No pensé que fuera a verte aquí hoy —le admito.

—Yo tampoco. Pero los planes para navidad cambiaron a último minuto y aproveché para venir.

—¿Y qué tal?

—Es como tener dieciséis años otra vez.

No decimos nada por un largo momento.

—¿Y cómo estás? —le pregunto.

—Contenta. ¿Tú?

—Igual.

—Vi fotos de tu boda —ella sonríe con una mezcla de sinceridad y picardía.

—Gracias. Me veo fenomenal.

Ella se ríe. —Se ven felices.

—Ana es... algo fuera de este mundo.

—¿Hace cuánto que sentaste cabeza aquí?

—Creo que unos cinco años. Poco después de que naciera Marianne.

—Las chicas y yo habíamos apostado en si regresarías o no.

—¿Quién gano?

—Yo. Si hay algo que amas más que viajar, es este lugar.

Me rio. —Es un punto valido. Después de más de veinte años, se acaban los misterios allá afuera. El más grande suele haberse quedado en casa.

No le queda mucho a la canción.

—Te ves feliz —ella comenta.

—Gracias. Tú también.

—Lo estoy.

Nos mantenemos callados hasta que termina la canción.

Se ha desvanecido el miedo por enfrentar al pasado que sospeche que ella despertaría.

Camino con Charlie a través de las calles del barrio.

Conversamos sobre videojuegos.

Conversamos sobre animé.

Él insiste en comprar helado una vez lleguemos al quiosco.

Yo estoy tentado de una bolsa de platanitos.

Cuando salgo a la terraza del lugar, finalmente los encuentro.

Henry está fumando un cigarrillo. Gerald sostiene un vaso de whiskey que va por la mitad.

—¿Cómo les fue con Steven? —les pregunto.

—No digas nada, pero sospecho que ahora él sabe más de tragos que yo —responde Gerald.

—El aprendiz se vuelve el maestro —agrega Henry.

—Aquí estaban —comenta Charlie al salir. —¿No les parece que el barman tiene un rostro familiar?

—¿El de cabello largo? —contesta Henry.

—¡Así que tú también lo notaste! —exclama Charlie. —Estuve los últimos diez minutos mirándolo tratando de descifrar de dónde lo recordaba, pero nada —dice, mientras le roba un cigarrillo a Henry.

—Quizás son solo los tragos —dice Gerald.

Cuando Gerald y yo llegamos al primer bar, nos recibe Charlie. Henry está orgulloso por haber llegado temprano. Aprovechamos los tragos de cortesía de ese primer lugar para ponernos al día.

Poco ha cambiado desde la última vez que nos vimos. Estoy por recordarles que tomemos esta noche con calma, cuando Charlie insiste en seguir al siguiente bar.

Es la noche previa a nuestra primera reunión de graduados. Cumplimos cinco años.

Siento el peso de responsabilidad encima, ya que tengo el cartel que Isabel me pidió que recogiera en el auto de Gerald. Cuando vamos saliendo del primer bar, Henry logra conseguir el numero de una mesera.

En el segundo bar, Charlie llama la atención de dos mujeres mayores que nos siguen hasta el tercer bar.

Puedo sentir que los tragos de cortesía me están empezando a afectar. Ya casi me he olvidado que tengo que llevar el cartel a primera hora a la mañana siguiente.

En un momento, decido buscar un nuevo trago y ocurre mi primer bache en la memoria.

Estaba en la barra ordenando, y en el siguiente momento, un grupo de casi quince extranjeros se me había unido.

A decir verdad, no todos recordamos esa noche completa, pero entre todos tratamos de llenar los baches.

El cuarto bar estaba tematizado alrededor de chupitos. Gerald es el que más gastó, entusiasmándose con los tragos flameantes y de colores.

Henry y yo pedimos un chupito que sonaba tentador. No recuerdo su nombre, pero sí que el mismo llamó la atención del único de los extranjeros que permanecía con nosotros. El escocés.

El escocés decidió unirse e invitó la ronda de chupitos. Era un tipo particular. Tenía un talento innato con las palabras. Se entrometía en conversaciones ajenas y lograba amigarse con una facilidad envidiable.

Encontramos a Charlie casi media hora después de haberlo perdido.

Charlie había estado coqueteando con una chica y el escoces lo salvo de una paliza de un novio celoso que nos doblaba a todos en tamaño.

Escapamos de ese bar antes de que el conflicto pudiera escalar.

El escocés y Henry se amigaron con facilidad. Ambos dirigieron el camino a una discoteca, donde nuestro nuevo colega uso su encanto natural para ayudarnos a entrar. Una vez adentro, el escocés hizo de las suyas y rompió el hielo con dos chicas ecuatorianas. Gerald y yo hicimos lo posible por aprovechar la oportunidad y logramos sacarlas a bailar.

Nos mantuvimos en esa discoteca hasta que cerró y al salir de ahí, todos estaban entusiasmados por continuar. El escocés aún tenía una fiesta más, empezando al amanecer. Ya el grupo estaba muy ebrio para poder tomar decisiones sensatas, pero hicimos lo posible por continuar de todas formas.

Sorprendentemente, Charlie fue la voz de la razón. En solo un rato, yo tenía que encontrarme con Isabel para hacer entrega del cartel que debía terminar de preparar.

Con la mayor coordinación que se podría esperar de un grupo de cuatro ebrios y medio, logramos encontrar el auto de Gerald y montar al cartel en el taxi que nos llevaba.

Nuestro plan era dejar el cartel en el camino y continuar en
la fiesta del escocés.

Lo último que recuerdo de esa travesía fue el taxi.

Cuando volví a abrir los ojos, me encontraba en el sillón de
la casa de Isabel, rodeado por Charlie y Gerald, quienes
dormían profundamente.

Los cuatro nos reímos a carcajadas, recordando esa noche.

—Estoy seguro de que Henry soñó todo lo demás —recalca
Gerald.

—¡Ustedes vieron las fotos que compartieron las ecuatorianas!
¡Ellas estaban ahí! —Él defiende con convicción su parte de la
historia.

—¡Esas fotos eran de la discoteca! —contesta Charlie.

Ya que Henry había sido el único en no despertar esa mañana
en la casa de Isabel, la circunstancias se prestaban para especular
sobre sus paraderos.

Henry insistía que las ecuatorianas, el escocés y él habían
logrado llegar a la última fiesta.

Sin embargo, todos dudábamos sobre la veracidad en esto
después de que Efraím nos había confirmado que Henry
amaneció en el porche de su casa.

Como siempre, el recuerdo incentiva la interminable
discusión sobre la validez de las versiones.

Charlie y Henry continúan discutiendo sobre esos hechos que
ya hemos revisitado miles de veces.

Gerald y yo evitamos involucrarnos nuevamente en esa
discusión. Solo nos reímos, recordando aquella época.

Cuando volvemos a entrar, encontramos el salón menos
poblado. Algunos siguen esparcidos por aquí y por allá,
conversando o bailando.

Yo me disculpo para ir al baño y me lavo la cara.

Camino con ropas sucias por una vereda vacía.

Siento debilidad en los pies.

> Caminar se ha vuelto más difícil.
> Veo mis manos, y siento que se desvanecen.

Regreso al salón y ya la gran mayoría se ha ido.

—Continuamos en mi casa —Charlie propone cuando se me acerca.

Me sorprendo al escuchar esas palabras, sospechando que esto es un recuerdo. Escuchar esa frase es como volver a nuestros veintes.

—¿Quieren seguirla hasta el amanecer a esta edad? —le pregunto con una risa.

—La última vez que salimos así fue hace cinco años —contesta Gerald. —¿Y quién sabe cuándo se va a repetir la oportunidad?

—No tienes que convencerme —le contesto al cruzar la salida.

Gerald se alegra, como si tuviera treinta años menos.

—Henry —lo llamo mientras esperamos al conductor. —¿Cuál era el nombre ese Chupito? ¿El que pedimos esa noche?

Me mira extrañado.

No responde de inmediato. Trata de recordar.

—El Olvido.

Cuando lo dice, la respuesta se siente obvia. Sonrió para mí mismo y no digo más.

Nuestro auto llega cuando me acuerdo.

—Esperen —giro hacia el bar —se me queda algo.

—No demores. Esto ya está cobrando —contesta Henry mientras se suben.

> Estoy recostado al final de un callejón oscuro.
> Siento la fuerza abandonándome.
> Ya falta poco.
> Veo su silueta acercándose.

Cuando regreso, el lugar está vacío.

Fui el primero en llegar, y ahora soy el último en irme.

El barman me reconoce y me saluda alzando su mano.

—Casi no te reconozco —le comento al acercarme.
—Ya empezaba a creer que no lo harías. Capaz es la vejez.
—Mi memoria no es tan eficaz como en mi vida pasada.

No hay rastro de la luna en el cielo.
Soy iluminado vagamente por un poste de luz.
Del mismo cuelga un afiche.
Es para una película.
Volver al Futuro III.
Yo le susurro al silencio.
Susurro lugares, momentos y nombres.
Repito mi lista de recuerdos como mi oración personal.
La uso fallidamente para atarme a la realidad.
Un rostro familiar se agacha frente a mí y me observa
detenidamente.
Lo reconozco. Es el rostro del hombre que conoceré en dos
ocasiones en mi siguiente vida.
En una como un escocés en mis días más jóvenes.
En otra como un barman en mi vejez.
Podía sentir mi fuerza vital evaporándose a través de cada
poro en mi cuerpo.
Podía sentirlo. Estaba siendo olvidado.
Mi inmortalidad se desvanecía y podía sentir a la vida
escaparse entre mis dedos.
—Buenas noches —lo saludé.
—Buenas noches —me contestó con respecto.
—Por lo menos viniste a despedirte —le dije.
—Es lo menos que podía hacer. Te lo debo.
—Una deuda a alguien como yo no tiene valor. Dentro de
poco no existiré.
Él no contestó de inmediato. Se sentó junto a mí.
—Miles de años vividos y nada para hacerlos valer. Es un
verdadero desperdicio, si me preguntas —dije.
Él consideró contestar, pero no dijo nada.

—Tengo una idea —mi acompañante propuso después de unos minutos.

—Soy todo oídos.

—Te puedo ofrecer una segunda oportunidad.

—¿Y cómo harías eso?

—Abandonando tu inmortalidad y usando lo poco que queda de tu fuerza vital para darte una vida mortal.

—¿Y eso en qué haría la diferencia?

—Podrías empezar una vida desde cero.

—No te entiendo.

—Hoy adelantas el fin de esta vida para nacer como un mortal. Nacerás sin recordar tus miles de años de vida. Nacerás como cualquier otro mortal y podrás vivir una vida mortal por mucho tiempo. Aunque no puedo prometerte que sea permanente. Cuando envejezcas los recuerdos de tu vida pasada empezaran a volver.

—Postergaríamos lo inevitable.

—Y te daría una segunda oportunidad. Eso es lo que te puedo ofrecer.

En ese momento, era incapaz de reconocer la diferencia que una vida mortal podía brindarme.

Si más de tres mil años no me habían sido suficientes, ¿qué diferencia harían unos cuantos más?

¿Cincuenta más?

¿Ochenta más?

Lo pensé por un largo instante. Hasta que considere que, si la muerte era inevitable, ¿porque no tener una aventura más?

El barman regresa de la cocina, trayendo consigo mi abrigo.

—¿Ya me llegó la hora? —le pregunto, antes de tomarlo.

—Sabes que ese no es mi trabajo.

—¿Y porque viniste, entonces?

—Quería ver como estabas —dice.

Sonrío. —No tenías que tomarte tanta molestia para eso.

—Es más fácil darse cuenta cuando estoy cerca.

—¿Y cómo estoy? —pregunto.

—Pareces bien. Veo que no había por qué preocuparse.

Escucho los bocinazos afuera, llamándome. Los demás deben estar impacientes. —Gracias —le digo al tomar el abrigo.

—Antes de que te vayas, sólo quería saber una última cosa: ¿valió la pena?

Me detengo antes de dirigirme a la salida.

Lo considero por un largo momento. En ese instante, recuerdo mi oración.

Recuerdo el silencio y el susurro de mi voz.

No estoy en el presente ni en el pasado.
Cierro mis ojos para explorar lo que alguna vez fue mi
soledad.
La soledad donde tenía una lista de palabras vacías.
Era una lista interminable.
Con palabras que no cargaban nada.
Ahora, los nombres en esa lista han cambiado.
Son pocos.
En mi cabeza, cada nombre carga un pedazo de mi memoria.
Mi mente susurra los nombres en el silencio.

Alzo la mirada para encontrar la suya. Dejo que la convicción me cubra el rostro y asiento. —Cada segundo.

Agradecimientos

A mi madre, Elkilia Santos, por quien existe este libro. De no ser por sus motivaciones diarias, no hubiera podido llegar hasta aquí.

A mi mentor y colega, Luigi Pezzotti, que hasta el día de hoy sigue enseñándome el arte de la espada y la pluma.

A mi más viejo amigo, Gabriel Agudelo, por las largas charlas y una portada que envuelve toda la esencia de esta colección.

A Elisabeth Jorge, por las tardes de café y por acompañarme en cada nuevo manuscrito.

A Julio Rodríguez, que me motivo a escribir el primer cuento.

A Dorisil, Melanie, Ricardo, Lara, Manuel Antín y a todos los que leyeron mis primeros manuscritos. Por creer en mi e impulsarme a mejorar.

Y finalmente a ti, que por el motivo que fuese, abriste este libro y me dejaste compartirte un pedazo de mí.

Jean Paul Vizuete

Escritor y director cinematográfico panameño nacido en 1994.

Es un cuenta-cuentos de nacimiento. Desde una edad muy temprana, comenzó a escribir relatos de fantasía y ciencia ficción que son la base para muchos de los guiones e historias que produce en los últimos años.

Desde el 2015, reside en Buenos Aires, lugar que eligió para perseguir su carrera cinematográfica y donde empezó a escribir esta colección de cuentos.

www.ingramcontent.com/pod-product-compliance
Lightning Source LLC
Chambersburg PA
CBHW021205160726
47994CB00001B/346